동화 작가에게 배우는 **자신만만 일기 쓰기**

일기왕
김동우

이미애 글 | 신지수 그림

녹색지팡이

일기 쓰기 싫은
친구들 다 모여라!

때르르르르르르르르르르르르르르르르르르르르르르르르르르르르르르릉!
시계가 울렸다. 깜짝 놀라 잠에서 깼다.

초등학생이었을 때 보았던 친구의 일기예요. 커다란 글씨로 한 장을 꼭 채운 것을 보고 '와, 이렇게 일기장을 쉽게 채우는 방법이 있었네.' 하고 감탄한 적이 있었어요. 텅 빈 일기장을 채우는 게 그만큼 어려웠거든요.

일기란 건 대체 왜 써야 하는지도 모르겠고, 쓸 거리도 없고, 한 줄도 쓰기 힘들고, 너무너무 하기 싫은 숙제 같았어요. 그때의 괴로움을 고스란히 되살려서, 지독하게 일기 쓰기 싫은 아이 동우의 이야기를 썼어요. 동우가 겪는 신기한 일들을 재미있게 읽다 보면 여러분도 일기를 어떻게 써야 하는지 왜 일기를 쓰는지 일기를 쓰면 뭐가 좋은지 잘 알게 될 거예요.

일기는 그날그날 겪거나 보거나 들은 일에 대해 자기의 느낌이나

생각을 솔직하게 적는 글이잖아요. 지나치기 쉬운 생각과 느낌, 분위기 등을 기록을 통해 남길 수 있어요. 그러니 글쓰기 실력도 자연스레 늘게 되지요. 무엇보다 생각하는 힘이 길러져요.

일기를 쓰면요. 그날 한 일을 돌이켜 보아서 잘잘못을 따져 볼 수 있어요. 생각이 정리되니까 그것을 바탕으로 내일을 계획할 수 있어요. 나날이 더 나은 생활을 할 수 있지요. 정말이라니까요! 일기는 괴로운 숙제가 아니라 나를 발전시켜 주는 최고로 멋진 습관이에요.

자, 귀를 나팔꽃처럼 활짝 열어 보세요. 일기를 쓰면서 거듭난 동우의 이야기를, 어릴 때 나처럼 일기 쓰기 싫은 친구들에게 속닥속닥 들려줄게요.

2012년 1월 이미애

일기를 쓰면 이런 게 좋아요!

- 그날의 일을 되돌아보고 잘한 점과 잘못한 점을 알 수 있어요.

- 자신의 잘못을 반성해서 점점 더 나은 내가 될 수 있어요.

- 자신의 생각을 정리하고 그것을 바탕으로 내일을 계획할 수 있어요.

- 나의 소중한 역사를 기록으로 남길 수 있어요.

- 내 주변을 자세히 관찰하는 습관이 생겨요.

- 생각이 깊어지고 넓어져요.

- 자신의 생각을 표현하는 능력과 함께 글쓰기 실력이 향상돼요.

- 나만의 비밀과 답답한 마음을 풀어 놓을 수 있어요.

일러두기

여기에 실린 친구들의 일기는 초등학교 1학년부터 4학년 학생의 것입니다. 친구들의 일기는 본래 맞춤법과 띄어쓰기에 어긋난 것이 매우 많았습니다. 그중에 손 글씨는 생생한 맛을 살려 띄어쓰기는 그대로 싣고 맞춤법만 바로잡았습니다. 손 글씨가 아닌 것은 맞춤법과 띄어쓰기를 모두 바로잡았습니다.

일기, 꼭 써야 돼?

딩동!

동우가 초인종을 꾹 눌렀어요. 엄마가 전화기를 귀에 댄 채 현관문을 열어 주었지요.

"학교 다녀왔습니다."

동우의 인사에 엄마는 웃으면서 고개만 끄덕였어요.

동우에게는 손부터 씻으란 뜻으로 화장실을 척 가리켰지요.

　동우는 등에서 책가방을 내려 휙 팽개치고 화장실로 털레털레 들어갔어요. 엄마는 더럽지도 않은 손을 왜 자꾸 씻으라고 하는지 모르겠어요.

　집으로 오는 길에 죽은 지렁이를 끌고 가는 개미들을 지켜보다가 호기심에 지렁이를 딱 한 번 눌러 보기는 했어요. 하지만 손은 바지에 싹싹 잘 닦았다고요.

동우는 물을 틀고 두 손을 슬쩍 갖다 댔어요. 그러고는 몸을
앞뒤로 흔들흔들했지요.

"윤서 엄마, 그게 무슨 말이에요?"

엄마 목소리가 갑자기 팍 올라갔어요.

"우리 동우가 일기를 한 번도 안 써서 선생님께 혼났다고요?
학기 시작한 지 벌써 한 달이나 지났는데……."

에구, 큰일 났어요.

짝꿍 윤서가 자기 엄마에게 일렀나 봐요. 그동안
학교에서도 집에서도 운 좋게 일기 안 쓴
것을 들키지 않았거든요.
일주일에 한 번씩 일기장을 걷을
때마다 조마조마하긴 했지만요.

그런데 바로 오늘 윤서가
고자질을 했지 뭐예요.

"선생님, 동우는 일기장 안
냈는데요."
선생님이 동우를 불러

한숨을 폭 내쉬며 말했어요.

"다음 주엔 꼭 일기를 써 오렴. 약속하자!"

선생님은 동우와 꼭꼭 새끼손가락까지 걸었어요.

뭐, 선생님에게는 딱히 혼이 난 것도 아닌 데다가 한 달 동안 일기를 쓰지 않고 넘겼으니 그게 어디에요. 하지만 엄마는 달라요. 곧 천장이 들썩일 만큼 호된 꾸지람이 시작될 거예요. 엄마는 화가 나면 세상에서 가장 무시무시한 엄마가 되고 말아요.

'끙, 두고 보자, 장윤서! 선생님께 고자질한 것으로도 모자라 집에까지 일렀냐?'

동우는 주먹을 부르르 떨었어요. 도저히 윤서를 이해할 수 없어요. 왜 학교에서 있었던 일을 엄마에게 시시콜콜 말할까요? 자기 일도 아니고 남의 일인데 말이에요.

윤서와의 잘못된 만남은 유치원 때부터 시작되었어요. 처음에는 갈래머리에 하얀 얼굴이 무척 깜찍해 보였어요. 윤서에게 잘 보이려고 엄마 몰래 장난감을 들고 유치원에 간 적도 있었지요.

그런데 언제부턴가 엄마는 입이 닳도록 윤서를 칭찬했어요.

"아유, 윤서 좀 봐라. 어쩜 저렇게 야무지게 잘할까."

동우도 인정하기 싫었지만 윤서는 뭐든 잘했어요. 동우보다 글씨도 잘 쓰고 그림도 잘 그리고 피아노도 잘 쳤어요.

엄마는 그런 윤서를 툭하면 동우와 비교했어요. 동우는 엄마가 윤서 칭찬을 자꾸 하는 게 싫었어요. 그 바람에 윤서도 싫어졌지요.

한 초등학교에 한 반인 것도 모자라 짝꿍까지 된 지금, 동우는 윤서라면 꼴도 보기 싫어요. 자다가도 벌떡 일어나 고개를 설레설레 내저을 정도라고요.

동우는 손을 수건에 대충 문지르고 후다닥 책가방을 챙겨서 방으로 갔어요. 그러고는 책상 앞에 앉아 책꽂이에서 손에 잡히는 대로 수학 문제집을 꺼내 펄렁펄렁 펼쳤어요.

쿵쿵쿵!

공룡 발자국 소리가 들렸어요. 벌컥, 문이 열렸지요.

동우는 쓱쓱 연필로 답을 적으며 열심히 문제를 푸는 척했어요. 마음속으로는 콩닥콩닥 가슴 뛰는 소리가 엄마에게 들릴까 봐 안절부절못했지요.

"야! 김동우!"

콰쾅, 천둥이 쳤어요. 곧 벼락이 떨어질 거예요.

"왜요? 엄마!"

동우는 시치미를 뚝 떼고 엄마를 돌아보며 공손하게 대답했어요. 아마 평소였다면, "왜요? 공부하는데 귀찮게!" 하면서 큰소리를 땅땅 쳤을 거예요.

"당장 일기장 꺼내 봐!"

"일기장이오?"

동우는 힐끔 엄마의 눈치를 살피며 책가방을 느릿느릿 집어 들었어요.

엄마가 그새를 참지 못하고 책가방을 휙 낚아채더니 마구 뒤졌어요. 그러고는 일기장을 꺼내 휙휙 넘겼어요. 엄마 얼굴이 이내 붉으락푸르락 달아올랐지요.

"너, 일기를 왜 한 번도 안 썼어?"

엄마는 텅 빈 일기장을 동우에게 팔랑팔랑 펼쳐 보이며 선생님이 그랬던 것처럼 한숨을 푹 내쉬었어요.

"1학년 때 그림일기는 엄마가 하나하나 도와줬지만, 2학년부터 일기는 혼자 쓰기로 약속했어, 안 했어?"

"했어요."

동우가 기어 들어가는 목소리로 대답했어요. 엄마가 흥분을 애써

누르며 또박또박 힘주어 말했어요.

"엄마는 동우가 알아서 할 거라고 믿었는데 정말 실망이야."

목소리가 낮아진 걸 보니 화가 많이 났나 봐요. 엄마는 화가 날수록 목소리가 무거워지거든요. 동우는 입이 바짝 말랐어요.

"네가 윤서처럼 학교에서 매일 칭찬받는 건 바라지도 않아. 하지만 혼날 일은 만들지 말아야지."

"네, 엄마."

동우는 고개를 끄덕였어요.

"숙제를 꼬박꼬박 해야 하는 것처럼 일기도 꼬박꼬박 써야지. 안 그래?"

이번에 동우는 고개를 끄덕일 수 없었어요. 일기를 왜 날마다 써야 하는지 그것만은 정말 알 수 없었거든요.

학원 다니고 숙제하기도 바쁜데 일기까지 꼭 써야 할까요? 도대체 일기라는 것이 왜 생겨나서 쓰고 또 쓰고 검사까지 받아야 하는지 알 수 없었어요.

일기를 쓸 만한 특별한 일이 만날 생기는 것도 아니잖아요. 만화 주인공처럼 커다란 배를 타고 세계를 돌아다니면서 신기한 모험을 한다면 모를까, 아니면 꼬마 탐정이 되어서 입이 딱 벌어질 만한 사건을 본다면 모를까, 어제도 오늘도 똑같은 하루인걸요.

일기 쓰기는 손 아프고, 종이 아깝고, 시간만 버리는 일이 틀림없어요. 일기 쓸 시간이면 레고로 작은 요새쯤은 뚝딱 조립할 수 있단 말이에요.

동우는 큰마음 먹고 엄마에게 물었어요.

"왜요? 일기를 왜 꼭 써야 해요?"

"뭐? 일기를 왜 쓰냐고?"

엄마가 놀란 눈으로 동우를 바라보았어요. 동우의 입에서 볼멘소리가 흘러나왔지요.

"일기 쓰는 거 진짜 재미없단 말이에요."

"일기를 재미로 쓰니? 네게 도움이 되라고 쓰지."

"일기 쓰는 게 무슨 도움이 되는데요?"

엄마는 이마에 주름을 만들며 잠시 숨을 고른 뒤 말했어요.

"음, 동우야. 일기는 그날 하루에 있었던 일을 적는 거야. 그건 알고 있지?"

"네."

"날마다 잘한 일도 있고 잘못한 일도 있을 거야. 그런 일을 그냥 지나치지 말고 일기장에 적으면서 한 번 더 생각해 보는

거야. 잘한 일을 되돌아보면 기쁨을 느낄 테고, 다시 또 잘하고 싶다는 생각이 들겠지? 또 잘못한 일을 되돌아보고 반성하면 똑같은 잘못을 하지 않으려고 애쓰게 될 거야."

동우는 입을 꾹 다물었어요. 지루해서 하품이 나려는 것을 간신히 참았지요. 엄마 말이 다 옳은 것 같아요. 하지만 너무 길어서 귓바퀴에만 뱅뱅 맴돌다 사라져 버렸어요.

"이제 일기를 왜 써야 하는지 알겠니?"

그래도 지금 대답하지 않으면 엄마의 긴 이야기를 더 들어야 해요. 동우는 하는 수 없이 알아들은 척 대답했어요.

"네, 엄마."

"그래, 당장 오늘 일기부터 써! 알았지?"

쭈글쭈글 주름진 엄마의 이마가 서서히 펴졌어요. 일기 쓸 걱정에 동우의 얼굴은 주글주글 울상이 되었지요.

일기 쓰기 전에
이것만은 기억하자

일기는 오늘 겪은 일과 나의 생각, 느낌 등을 자유롭게
적는 나만의 기록이에요. 일기를 쓰는 데 특별한 규칙이
있는 것은 아니에요. 하지만 날짜와 함께 날씨, 제목은
빼먹지 말고 꼭 써야 해요.

• 날짜와 요일은 기본!

날짜는 ○월 ○일 ○요일로 적어요. 연도는 일기장 겉면에 나의 학
년과 반, 이름을 적어 두었기 때문에 굳이 쓰지 않아도 괜찮아요.

• 날씨는 문장으로

일기에서 날씨는 무척 중요해요. 때때로 그날의 일에 큰 영향을 미
치니까요. 맑은 날에는 밖에서 마음껏 뛰어놀 수 있지만 비가 오면
그럴 수 없잖아요. 또 날씨는 아침저녁으로 달라지기도 해요. 다음

처럼 날씨를 문장으로 자세히 쓰면 자연스럽게 관찰력과 표현력이 길러져요.

- 화창해서 농장 체험을 가기에 딱 알맞았다.
- 해가 구름에 가렸다 나왔다 오락가락, 바람도 불었다.
- 쌀쌀해서 외출할 때 점퍼를 입었다.
- 하루 종일 비가 내려 젖은 옷을 입은 기분이었다.
- 오전에 흐리고 바람이 불더니 오후에는 해가 쨍쨍

잊지 말자, 제목 달기

일기에 제목을 달면 그날 나에게 무슨 일이 있었는지 한눈에 알 수 있어요. 또 제목을 정해 놓고 일기를 쓰면 여러 가지 생각을 하나로 정리하는 데 도움이 되지요.

내 생각과 느낌이 중요해

일기는 아침부터 저녁까지 일어난 일을 모두 적는 것이 아니라 한두 가지를 골라 적는 거예요. 거기에 내 생각이나 느낌을 곁들이면 일기 쓰기가 지루하지 않고 즐거워져요.

9월 5일 일요일 날씨 : 맑은데 바람이 불어 창문이 덜컹거렸다.
제목: 자전거 정비
　점심을 먹고 나서 아빠가 내 자전거를 아파트 거실에 끌고 오셨다. 자전거 뒷바퀴가 펑크 나서 때우려는 것이다. 엄마가 밖

에서 하지 왜 집 안에서 하냐고 하셨다. 그러나 아빠의 고집은 꺾이지 않는 법! 아빠는 자전거를 그대로 집 안에 두고 펌프질을 해서 바람을 넣었다. 마지막으로 자전거 체인에 기름칠을 할 때 나는 생각했다.

'역시 무슨 일이든 시작하면 끝을 봐야 해.'

2학년 현철이는 일기에 필요한 날짜, 날씨, 제목, 자신의 생각 들을 빠짐없이 잘 적었어요.

즐거운 일기 습관 ❶ 저녁을 먹은 직후에 일기를 쓰자

잠자리에 들기 바로 전에 쓰는 일기는 나를 힘들게 할 수 있어요. 졸리고 고단해서 빨리 자고 싶은 생각이 간절하기 때문이에요. 저녁을 먹은 뒤 곧장 일기 쓰는 습관을 들여 보세요. 그럼 하루를 돌이켜 보기도 적당하고 생각을 집중하기도 좋을 거예요.

여행을 떠날 때는 일기장을 꼭 챙겨 가서 그날그날 일기를 쓰도록 해요. 여행을 다녀와서 밀린 일기를 쓰려고 하면 기억도 가물가물하고 쓰기 싫어지니까요. 무엇보다 경험한 일을 곧바로 써야 여행에서 보고 느낀 것을 생생하게 담을 수 있어요.

잠자기 전에 쓰면 졸려!

맞아, 맞아.

11월 9일 금 요일 날씨 오전에는 햇볕이 나고 오후에는 바람이 휭휭 불었다.

제목 지각

늦었다. 늦었어!

서둘러 가방을 메고 학교로 갔다. 복도엔 아무도 없었다.

애들이 다 들어갔나 보다.

후다닥 신발주머니를 걸어 놓고 교실로 들어갔다.

선생님이 왜 늦었는지 물어보았다. 나는 늦잠을 잤다고 했다.

지각하면 기분도 안 좋고 교실에 들어갈 때 빨리 못

들어간다. 왜냐하면 들어갈까 말까 한참 고민하기

때문이다. 집으로 돌아가고 싶은 생각도 들었다.

한번 울며 겨자 먹기로 들어가 봤더니 시험이 끝나는 분위기였다.

지각하면 자기만 손해니 다시는 지각을 안 해야겠다.

날씨를 오전과 오후로 나눠서 자세히 쓴 점 칭찬해요.
일기 내용과 어울리는 제목도 잘 붙였구나.
지각을 안 하겠다는 결심 지키도록 노력하자!

5월 22일 토요일   날씨

제목 쿠폰

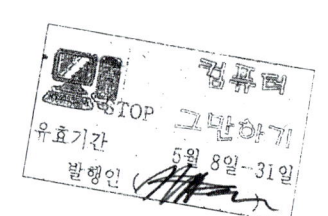

오늘은 컴퓨터를 하는 날이다.(매주 토요일에는 게임을 한다)

그래서 할 일을 열심히 하고 있다. 그래서 할 일을

다 했는데 엄마가 안 된다고 하셨다. 형아가

할걸 잘 안 해 나도 안 시켜줬다. 그래서 평상시

쓰고 싶지 않던 컴퓨터 그만 하기를 썼다. 내가

생각한 것은 안 쓰는 것보다 이 기회에 한 번 쓰고

없애자고 생각했다. (언젠가는 안 하겠지만)

그런데 정성을 안 들이고 한다는 게 자꾸만 마음에

걸렸다. 앞으로는 진심으로 해야겠다. 또 그대신

아빠랑 함께 자전거를 탔다.

'컴퓨터 그만하기' 쿠폰이 다른 쿠폰에 비해
내 정성이 들어간 것 같지 않아 뭔가 찜찜했구나.
그런 내 생각을 잘 표현했어요.
날씨 쓰는 것도 잊지 말자꾸나.

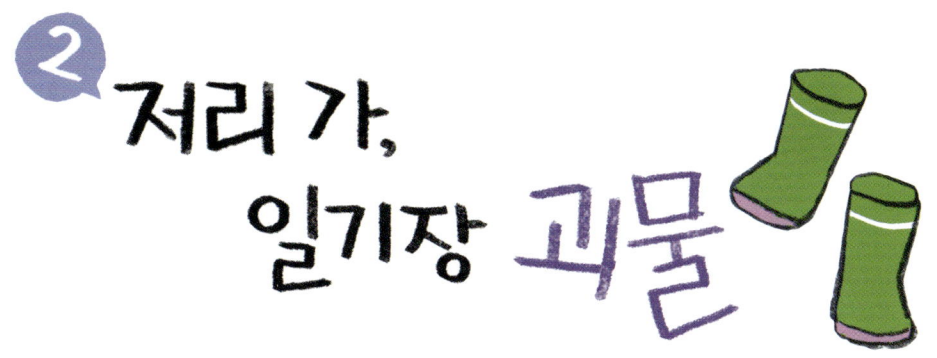

2 저리 가, 일기장 괴물

'아아아아, 뭘 쓰지?'

동우는 일기장을 책상 위에 턱 펼쳐 놓고 연필 꽁무니로 이마를 콕콕 찍었어요.

"아야!"

찔린 곳이 아프기만 할 뿐 아무 생각도 떠오르지 않았어요.

동우는 두 손으로 머리카락을 움켜잡으며 괴로워했어요.

"후유~!"

동우도 선생님과 엄마처럼 길게 한숨을 내쉬었어요.

도대체 일기에는 뭘 써야 할까요?

일기장이 아파트 주차장이나 학교 운동장보다 훨씬 넓어 보여요.
넓고 텅 빈 일기장만큼이나 동우의 머리도 텅 빈 듯했지요.

'뭐 좋은 게 없을까?'

동우는 일기장 위에 연필을 탁 던져 놓고 벌떡 일어났어요.
그러고는 방 안을 이리저리 왔다 갔다 했어요. 문득 눈길이
책꽂이에 가 닿았지요.

만화책이랑 동화책, 작년에 쓴 참고서가 뒤죽박죽 꽂혀
있었어요. 동우는 책꽂이에서 책 한 권을 쏙 뽑았어요.
만화책이에요.

동우는 잠시 헤아려 보다가 이내 고개를 저었어요. 만화책은
일기 쓰는 데 도움이 되지 않을 거예요.

아쉬운 손길로 만화책을 책꽂이에 꽂고 그 옆에 있는 책을 뽑아
들었어요. 동화책이에요.

동화책도 일기를 쓰는 데 도움이 될 것 같지는 않아요. 동화책을

다시 꽂아 두고 그 옆에 있는 두툼한 책을 꺼냈어요.

맨 앞에 '육아 일기'라고 씌어 있었어요.

"응? 그럼 이것도 일기네."

동우는 반가운 마음에 얼른 첫 장을 넘겼어요. 그곳에는
갓난아기 사진이 붙어 있고 짧은 글이 덧붙여 있었어요.

아가야, 만나서 반가워. 많이 보고 싶었단다.

네 이름을 뭐라고 지으면 좋을까?

"이야, 잘됐다. 이 일기를 보면 쓸 게 생각날지도 몰라."

동우는 침대에 엎드려서 육아 일기를 한 장씩 읽기 시작했어요.
자세히 보니 사진 속 아기가 왠지 낯익어요.

"이게 나야? 말도 안 돼! 완전 애벌레 같이 생겼네."

동우는 눈을 빛내면서 일기를 읽었어요.

10월 7일 월요일 날씨 : 맑음

동우가 태어난 지 벌써 한 달이 지났다. 이젠 제법 나를 알아

보고 눈길을 맞춘다. 아기를 들여다보고 있으면 언제나 행복

하다. 나의 기쁨 동우야, 무럭무럭 자라 주렴.

10월 24일 목요일 날씨 : 흐린 뒤 비

며칠 동안 잠을 제대로 못 잤다.

동우가 밤낮이 바뀌었는지 밤마다 칭얼대며 보챈다. 낮에 새

근새근 잠들어 있는 얼굴을 보면 천사 같은데…….

거울에 비친 내 모습이 보기 싫다. 눈은 벌겋고 얼굴은 퉁퉁

부어 찐빵 같다. 이럴 때 남편이 좀 도와주면 좋을 텐데, 하

긴 내일 아침이면 출근해야 하는 사람이니 내가 좀 더 고생

해야겠지.

엄마가 동우를 키우면서 쓴 일기였어요. 동우는 엄마가 자기처럼

이런저런 궁리를 하며 일기를 썼을 상상을 하니 배시시 웃음이

났어요.

동우는 흐뭇한 얼굴로 사진을 한 번 더 들여다보았어요.

"헤헤, 다시 보니 귀엽네. 야, 아기 김동우! 너 왜 밤에 잠 안

자고 엄마를 괴롭혔어?"

엄마는 지금도 밤에 잠을 못 자면 아침에 얼굴이 퉁퉁 붓고 눈이 시뻘게져요. 그때도 나 때문에 그랬겠구나 싶어 동우는 괜히 미안해졌어요.

일기장을 착착 넘기자 다른 날의 일기가 눈에 들어왔어요.

12월 14일 토요일   날씨 : 맑음

동우가 아팠다. 열이 나서인지 자꾸 칭얼대고 숨 쉬기를 힘들어하기에 무조건 들쳐 업고 나섰다. 날은 추운데 택시는 안 잡히고 애가 탔다. 하필 이런 때 남편은 출장 중이다. 병원에서 감기라고 물약을 처방받아 왔다.

물약을 겨우 먹이고 "동우야, 아프지
마. 제발 아프지 마." 속삭이면서 업어
재웠다. 동우가 깰까 봐 무릎이 아픈 줄
도 모르고 밤새 동우를 업고 방 안을 서
성거렸다. 뜨끈뜨끈하던 동우가 어느새
열이 내리더니 깊은 잠이 들었다.
다음부터는 목욕물 온도를 잘 맞추고 찬 바람이 들지 않도록
더 신경을 써야겠다.
동우야, 부디 건강하게 잘 자라렴. 사랑한다.

동우는 코끝이 찡하고 눈이 따끔따끔했어요.

!   ·   :   :

'아, 이래서 엄마가 날이 궂을 때마다 무릎이 아프다고
하시는구나. 고마워요, 엄마.'

당장이라도 달려가서 엄마 무릎을 주물러 주고 싶었어요. 그런데
갑자기 아함, 하품이 나고 눈꺼풀이 무거워지지 뭐예요.

동우는 육아 일기장에 얼굴을 묻은 채 그만 까무룩 잠이
들었어요. 일기장에 짓눌린 입가에서 침이 쪼로록 흘러나왔지요.

동우는 눈을 부릅뜨고 거실의 컴퓨터 앞에 앉아 있었어요.

뿅뿅뿅, 뚜다다다!

한참 신 나게 게임을 하는데 엄마가 소리를 빽 질렀어요.

"너 지금 일기는 쓰고 노는 거니?"

"알았어요. 지금 막 쓰려고 했다고요."

동우는 얼른 컴퓨터를 끄고 방으로 돌아와 일기장을 펼쳤어요.

'에잇, 일기장 따위 없어졌으면 좋겠어!'

동우가 입을 삐죽 내밀며 일기장을 쏘아보았어요.

바로 그때였어요.

일기장의 가장자리에서 뾰족한 이빨이 삐죽삐죽 솟아나는 게 아니겠어요. 이빨이 다 돋아난 일기장은 입을 다물듯 딱 닫히더니 일기장 위에 놓여 있던 연필을 아작아작 씹어 먹었어요.

"으, 으악! 일기장 괴물이다!"

동우는 깜짝 놀라 뒤로 벌러덩 넘어졌어요.

일기장 괴물은 연필을 다 먹고 나자 금세 쑥쑥 자랐어요. 덩치가 커진 일기장 괴물은 입을 더 크게 벌리고 책상 위에 있는 다른 물건들을 우적우적 씹어 먹었어요.

책상 전등을 우적우적, 읽다가 엎어 둔 동화책을 우적우적, 연필깎이를 우적우적, 펼쳐 놓은 수학 문제집을 우적우적.

‘오, 수학 문제집을 먹어 치우는 건 나쁘지 않은걸.’

책상 위를 깨끗이 비운 일기장 괴물은 풀쩍 뛰더니 순식간에 동우에게 덤벼들었어요.

“저, 저리 가!”

동우는 겁에 질려 냅다 달렸어요. 방문을 지나고 현관문을 지나 계단 위로 후다닥 도망쳤지요. 그 뒤를 일기장 괴물이 이빨을 딱딱 부딪치며 쫓아왔어요. 금방이라도 동우의 발뒤꿈치를 물어뜯을 듯했지요.

동우는 있는 힘을 다해 계단을 오르고 또 올랐어요. 숨이 턱에 차서 쓰러지려는 순간, 옥상으로 나가는 문이 보였어요. 동우는 그 문의 손잡이를 힘차게 돌렸어요.

철컥, 철컥.

이를 어쩌죠? 문이 잠겨 있어요. 일기장 괴물의 그림자가 점점 동우를 감쌌어요.

동우가 손잡이를 마구 흔들며 뒤를 돌아보았어요. 그새 더 커다래진 일기장 괴물이 바로 눈앞에서 입을 딱 벌리고 있었어요.

“으악, 안 돼!”

비명을 질러 대는 동우를 일기장 괴물이 후룩후룩 소리를 내며 빨아들였어요. 동우는 손잡이를 꽉 잡고 안간힘을 쓰며 버텼지요.

동우의 손이 손잡이에서 막 미끄러질 때였어요. 어디선가 한 줄기 금빛이 눈 깜짝할 사이에 날아오더니 커다란 일기장 괴물을 퍽 내리쳤어요. 그 덕분에 동우는 더 이상 빨려 들지 않았지요.

"앗, 저건 뭐지?"

금빛이 휙휙 날아다니며 일기장 괴물을 이리저리 공격했어요. 그러자 일기장 괴물은 풍선처럼 점점 부풀었어요. 마침내 한껏 부풀어 팽팽해지더니 귀를 찢을 듯한 소리를 내며 펑 터졌어요.

"어휴, 다행이다."

동우는 안도의 숨을 내쉬었어요. 그 순간 금빛이 기다렸다는 듯 동우의 손 위에 가만히 내려앉았어요. 그것은 다름 아닌 엄마의 육아 일기장이었어요.

동우는 육아 일기장을 가슴에 꼭 안고 중얼거렸어요.

"고마워, 일기장아!"

일기의 글감을 찾아라

똑같이 반복되는 일상 속에서 일기의 글감을 날마다 새롭게 찾기란 생각보다 쉽지 않아요. 그럴 때는 오늘 만난 사람과 장소를 하나하나 떠올려 보세요. 미처 떠올리지 못했던 글감이 새록새록 생각날 거예요.

● 누구와 무슨 일이 있었을까?

일기의 글감이 떠오르지 않으면 오늘 내가 누구와 무슨 일을 했는지, 누구와 어떤 일이 벌어졌는지 생각해 보세요. 그 사람은 엄마일 수도 있고 가족 가운데 다른 사람일 수도 있어요. 학교나 학원의 선생님, 친구일 수도 있고요.

그 사람들과 있었던 일 중에서 가장 인상 깊은 것을 골라요. 그 일에 이어서 다른 누구와 있었던 일을 적어도 된답니다.

다음의 내용을 책상 앞에 붙여 놓고 글감이 없을 때마다 생각을 더

듣어 보는 것도 도움이 될 거예요.

가족	선생님	친구	그 밖의 사람
엄마의 칭찬이나 잔소리, 아빠의 꾸지람, 동생과의 장난, 형이나 언니의 부탁 등	담임 선생님의 칭찬 또는 꾸지람, 학원 선생님의 격려 또는 충고, 학습지 선생님의 칭찬 등	친구의 말, 장난, 칭찬, 욕설 등	동네 어른의 인사, 친척의 칭찬, 식당 주인의 친절, 책이나 영화 속 인물의 행동 등

● 내가 있던 장소 떠올리기

그래도 쓸거리가 생각나지 않을 때는 내가 오늘 있었던 장소를 떠올려 보세요. 그 장소에서 무슨 일이 있었는지 차근차근 더듬어 보면 일기의 글감이 쉽게 떠오를 수도 있어요.

내가 있었던 장소는 우리 집, 학교, 학원, 친구 집, 놀이터, 길거리 등이 되겠지요.

우리 집	학교	학원	그 밖의 장소
내 방, 화장실, 거실 또는 마루, 주방, 안방, 마당 등	교실, 화장실, 교무실, 도서관, 복도, 운동장 등	피아노 학원, 영어 학원, 미술 학원, 수학 학원 등	등굣길, 놀이터, 학원 오가는 길, 병원, 동네 산, 친구 집 등

오늘 나에게 일어난 일을 적어 보자

다음과 같은 표를 짜 놓고 나에게 무슨 일이 있어났는지 매일 적는 습관을 길러 보세요. 누구와 무슨 일이 있었고, 어디에서 무엇을 했는지 떠올리다 보면 '오늘은 뭐 했지?' 하는 막연한 생각이 차근차근 정리될 거예요.

| 날짜 | 오늘은 어떤 일이 일어났을까? | | | | | |
	친구	가족	학교	학원	책·매체	내 생각
3/2 (월)			개학을 해서 새로운 친구들과 선생님을 만남	새로 수영을 시작했는데 물이 좀 무서웠음		
3/3 (화)		아빠랑 학교 운동장에 가서 야구를 함			텔레비전에서 또래아이가 백혈병으로 투병 중인 것을 봄	
3/4 (수)	우리 편이 발야구를 4대 5로 져서 너무 아쉬웠음			피아노를 체르니 100번으로 올라가서 뿌듯함		
3/5 (목)			미술 준비물을 깜빡해서 선생님께 야단맞음			개나리꽃이 핀 것을 보고 봄이 왔다고 생각함

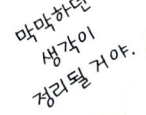

막막하던 생각이 정리될 거야.

8월 19일 수요일 날씨 맑음

제목 내 연필

내 연필은 원기둥 모양이고, 내가 좋아하는 예쁜 그림들이 그려져 있다. 내 연필 위에 바늣방울이 있어서 비늣방울을 불 수도 있다. 또 내가 좋아하는 색이 포함되어 있다. 그리고 내 연필은 나에게 좋은 도움을 준다. 글씨 잘 쓸 수 있도록 쓰기 연습을 하게 도움을 주고 심심할 때 비늣방울을 불면서 놀 수 있도록 도와준다. 나는 내 물건 중에서 내 연필이 정말 정말 좋다. 만약 내 연필이 없어진다면 집 안을 돌아다니면서 꼭 찾아내고 말 것이다. 내 물건 중 보물 1호, 연필아! 앞으로도 잘 부탁해!

주변을 잘 관찰해서 글감을 찾아냈구나.
조금만 둘러보면 내 주변에는
일기의 글감이 참 많지요?

12 월 27 일 수요일 날씨 바람이 거세졌다.

제목 재미없는 방학

아 매일매일 집에만 있고 재미가 없다. 박물관에 가자 해도 1월에
간다고 그리고 체스나 윷놀이, 다이아몬드 같은 게임을 하자고 그래도 유치하다고
엄마는 그리고 동생한테 레고 가지고 놀자고 그래도 잘 못한다고
그러니 재미가 없다. 문집이나 독서일기도 쓴 글이 별로 없어서 못
만들고 있다. 나는 어디를 안 가서 이러나 보다. 학교다닐 때는 학교갔다
와서 피아노 가고 피아노갔다 왔다가 숙제하고 파워연산 고나 수학 문제집을
푸는데 지금은 일어나서 12시 까지 책 보고 피아노갔다 와서 레고가지고 놀고......
이제 맨날 노는 것이 싫어졌다. 왜냐면 문제집이나 독서록이
실컷지 않는 것이 다니라 실컷하는 것이기 때문이다. 그리고 난 이제 학교를
다니고 싶어졌다. 왜냐면 뭔가 허전하고 시간의 가치를 모르게 하기
때문이다. 빨리 개학이 왔으면 좋겠다.

일기의 글감을 찾기 어려울 때는 이렇게 답답한
마음을 일기장에 솔직하게 옮기면 된단다.
재미없고 지루한 일상조차 일기의 소중한 글감이 되니까.

오! 마법 일기장

"동우야! 일기 다 썼니?"

엄마 목소리가 바로 코앞에서 들려왔어요. 동우는 퍼뜩 눈을 떴어요.

"얘가 일기 쓰라고 했더니 자고 있네. 어서 일어나 저녁 먹어."

엄마가 동우의 등을 툭툭 치고 나갔어요.

동우는 주위를 두리번두리번 살펴보았어요. 방 안 침대

위였어요.

"후유, 꿈이었구나!"

동우는 이마에 흐른 축축한 땀을 손등으로 쓱쓱 닦았어요. 몸을
일으키는데 엄마의 육아 일기장이 보였어요.

비록 꿈속이었지만 자신을 구해 준 육아 일기장이 고마워 가만히
끌어안았다가 책상 위에 올려 두었어요.

동우는 저녁을 먹고 방으로 돌아와 책상 앞에 앉았어요. 아직 한
줄도 채워지지 않은 일기장이 딱 벌린 괴물의 입처럼 펼쳐져
있었지요. 동우는 일기장 괴물을 떠올리자 부르르 몸이 떨리고
소름이 돋았어요.

'설마 이 일기장이 진짜 괴물로 바뀌진 않겠지?'

동우는 생각을 떨쳐 내려는 듯 머리를 설레설레 저었어요.
그러고는 다시 연필 꽁무니로 머리를 콕콕 찍으며 고민에
빠졌지요.

"도대체 일기에 뭘 써야 할까?"

동우는 한숨을 연거푸 쉬다가 살며시 손을 뻗어 육아 일기장을
집어 들었어요.

바로 그때였어요. 육아 일기장에서 금빛이 은은하게 흘러나오는
게 아니겠어요.

"뭐, 뭐야? 아직도 내가 꿈을 꾸는 걸까?"

동우의 눈이 휘둥그레졌어요. 동우는 반짝반짝 빛나는 육아
일기장을 조심조심 펼쳤어요. 그런데 이게 어찌된 일이에요.
엄마가 쓴 일기와 사진들은 어디론가 사라지고 금빛 글자가
탁탁탁 찍히지 뭐예요.

일기는 그날 있었던 일을 잘 생각해서 쓰는 거야.

육아 일기장이 마치 동우의 생각을 읽기라도 한 듯 답을 알려
주었어요.

동우는 얼른 책장을 요리조리 넘겨 보았어요. 다른 쪽에도
엄마가 쓴 일기는 모두 사라지고 똑같은 글자만 가득했지요.

"내가 궁금해하는 걸 가르쳐 주네! 혹시 이건 마법 일기장?
와, 와! 진짜 신기하다."

동우는 가슴이 콩콩 뛰었어요. 어마어마한 보물을 손에 넣은 것
같았지요.

기뻐서 팔짝팔짝 뛰던 동우는 육아 일기장을 가만히 덮고 책상에

내려놓았어요. 그러자 금빛이 감쪽같이 사라졌어요.

육아 일기장을 다시 폈어요. 조금 전에 보았던 금빛 글자는

온데간데없고 엄마의 글씨로 가득했지요.

"어라, 육아 일기장에서 금빛이 날 때만 마법 일기장으로 변하는 건가?"

동우는 고개를 갸웃거리다가 멈칫했어요.

"가만, 마법 일기장에 뭐라고 씌어 있었더라?"

동우는 눈을 요리조리 굴리며 기억을 더듬었어요.

'그날 있었던 일을 잘 생각해서 쓰는 거야.'

동우는 마법 일기장이 가르쳐 준 대로 오늘 있었던 일을 곰곰이 떠올렸어요.

오늘은 학교랑 학원에 갔다 와서 밥을 먹고 텔레비전을 보았어요. 또……

특별한 일은 전혀 없었지요.

어제와 똑같이 하루가 후딱 지나간 게 분명해요.

동우는 연필을 쥐고 쓱싹쓱싹 일기를

써 내려갔어요.

4월 5일 화요일 날씨 : 맑음

나는 오늘 아침에 일어나서 밥을 먹었다. 그리고 학교에 갔

다. 학교에서는 1교시, 2교시, 3교시, 4교시 수업을 했다.

그리고 점심 시간에 급식을 먹었다. 그리고 청소를 하고 나

서 집으로 돌아왔다. 집에서 간식을 먹고 나서 학원에 갔다.

학원을 마치고 집으로 돌아왔다.

여기까지 쓰고 난 뒤 동우는 잠시 망설였어요.

'일기를 안 썼다고 엄마에게 혼난 일을 쓸까, 말까?'

오래 생각할 필요도 없었어요. 동우는 혼난 것은 쓰지 않기로
마음먹었어요. 이 일기를 선생님이 검사할 텐데, 처음부터 괜히
혼난 이야기를 썼다가는 창피할 것 같았거든요.

동우는 일기를 마저 썼어요.

그리고 숙제하고 잤다.

뭔가 좀 허전한 것 같은데 그게 뭔지 잘 모르겠어요. 어쨌든 오늘 일기를 완성했잖아요.

동우는 일기를 다시 한 번 읽고 씩 웃었어요. 이만하면 일기를 제법 잘 썼다고 선생님에게 칭찬을 들을 것 같았지요.

동우는 뿌듯해하며 불을 끄고 침대에 누웠어요. 오늘 밤은 마음이 무척 편안해요. 일기를 써 가지 않을 때는 마음이 조금 불편했거든요. 언젠가 혼나게 되리란 것을 알고 있었으니까요. 차라리 오늘 들킨 게 다행일지도 몰라요.

'내일 일기장을 내면 선생님이 깜짝 놀라시겠지? 내 머리를 쓰다듬어 주며 칭찬하실 거야. 우리 선생님은 칭찬의 여왕이니까, 히힛.'

아침에 일어난 동우는 칭찬받을 생각에 기분이 좋았어요. 이를 닦다가도 입이 헤 벌어졌지요. 밥 먹고 가방을 챙겨 막 현관을 나서려는데 엄마가 불렀어요.

"동우야, 어제 일기는 쓰고 잤니?"

동우는 자신 있게 대답했어요.

"당연하지요. 하하하하!"

"이리 가져와 봐."

동우는 어깨에서 책가방을 내려 일기장을 꺼냈어요. 엄마가

일기를 읽는 동안 동우는 기대에 차서
엄마를 바라보았지요.

"어휴~!"

엄마가 길게 한숨을 쉬며 일기장을
돌려주었어요.

동우는 어리둥절해 가만히 서
있었어요. 엄마는 동우의 마음을 아는지
모르는지 동우를 재촉했지요.

"뭐하니? 어서 학교 가지 않고."

"네?"

"네라니?"

동우가 눈을 동그랗게 뜨자 엄마도 영문을 모르겠다는 듯 눈을
크게 떴어요.

"일기 썼잖아요. 칭찬 없어요?"

엄마가 피식 웃으며 힘없이 말했어요.

"그래, 잘했다."

"애걔, 그것뿐이에요? 머리도 쓰다듬어 줘야죠."

엄마가 머리를 쓰다듬으려다 손을 거뒀어요.

"잘 썼다. 하지만……."

"하지만 뭐요?"

"아니다. 늦을라 어서 학교 가 봐라."

동우는 가방을 메고 학교까지 쌩하니 달려갔어요. 교실에 도착하자마자 교탁 위에 떡하니 일기장을 올려 놓았지요. 일기를 검사하는 날이 아닌데도 말이에요.

그날 선생님은 일기장 아래에 예쁜 글씨로 이렇게 써 놓았어요.

동우가 일기를 썼네. 잘했어요. 3월 한 달 동안 동우의 일기를 무척 기다렸단다. 스스로 써 올 때까지 말이야. 이제라도 동우가 일기를 써 와서 선생님은 정말 기뻐요. 매일 쓰다 보면 일기를 잘 쓰게 될 거예요.

"내가 그동안 일기장 안 낸 걸 알고 계셨구나. 어쨌든 일기 쓰고 칭찬받으니까 좋은걸."

동우는 기다리던 선물을 받은 것처럼 기분이 좋았어요. 콩콩콩

뛰면서 집으로 돌아왔지요.

그런데 참 이상해요. 학원에 갔다 오고 숙제를 하는 내내 찜찜한 기분이 들지 뭐예요.

"엄마는 왜 내 머리를 쓰다듬어 주시지 않았을까? 또 '하지만' 하고 무슨 말을 하려다 말았지?"

그뿐만이 아니었어요. 일기장을 펼쳐 놓고 선생님의 글을 꼼꼼히 읽었더니 유독 한 구절이 마음에 걸렸어요.

'매일 쓰다 보면 일기를 잘 쓰게 될 거예요.'

동우는 탐정이라도 된 듯 심각한 얼굴로 생각에 잠겼어요.

"잘 쓰게 된다고? 그럼 이 일기는 잘 쓴 일기가 아니라는 뜻인데……."

글감이 없을 때는 어떻게 할까?

아무리 생각해도 일기의 글감이 떠오르지 않을 때는 어떻게 해야 할까요? 한 가지 주제를 정해 내 생각을 자유롭게 써 보세요. 그날 겪은 일만 일기에 담아야 하는 것은 아니니까요.

● 내 관심 분야에 글감이 주렁주렁

쓸거리가 없을 때는 내가 관심을 갖고 있는 것을 떠올려 보세요. 나를 기분 좋게 하는 것, 나의 꿈, 취미, 여행하고 싶은 곳, 배우고 싶은 것, 좋아하는 친구나 물건, 나의 가족 등으로 생각을 넓히면 일기의 글감을 쉽게 고를 수 있어요.

● 계절·날씨·자연은 내 친구

좋아하는 계절이 다가오면 괜스레 마음이 설레요. 또 날씨가 화창하면 덩달아 기분이 좋지요. 이렇게 계절이나 날씨, 자연을 글감으로 내 생각이나 느낌을 적어 보세요. 3학년 장훈이는 봄을 글감으로 삼아 목련꽃과 할머니 집을 떠올렸어요.

언제 봄다운 봄이 될까? 바람이 차서 아직 겨울옷을 입고 있다. 그래도 오늘은 기분이 좋다. 드디어 우리 아파트 앞 화단에 목련꽃이 활짝 피었기 때문이다. 지금쯤 시골 할머니 집 마당가에도 자목련이 피었을 것이다.

나는 백목련보다 자목련을 더 좋아한다. 자줏빛 꽃 색깔과 꽃 이름이 신비한 느낌을 준다. 하지만 목련꽃이 질 때는 조금 끔찍하고 슬프다. 바닥에 떨어진 꽃잎이 거무죽죽해서 동물의 시체를 보는 것 같다.

● 길에서 본 것들

학교나 학원을 오가며 본 것도 일기의 좋은 글감이 될 수 있어요. 놀이터나 공원, 문방구, 슈퍼나 마트에서 본 동식물, 물건과 사람도 마찬가지예요. 주변의 모든 것을 세심하게 관찰하고 그 가운데 한 가지를 골라 나의 생각을 적어 보세요.

● 공부한 내용도 글감이 된다고?

숙제를 하거나 공부한 내용도 일기의 훌륭한 글감이 돼요. 공부한 과목의 내용과 배운 점, 깨달은 점을 써 보세요. 일기에 쓴 내용이 수학이라면 수학 일기, 과학이라면 과학 일기가 되지요.

• 책을 읽고 난 소감 쓰기

책을 읽고 나면 느낀 점이나 인상 깊은 부분이 있게 마련이에요. 그 것을 일기장에 쓰면 독서 일기가 됩니다. 책의 내용을 간단히 소개하고 느낀 점이나 생각을 자유롭게 쓰면 일기 한 편 완성!

스스로에게 질문을 해 보자

일기를 몇 줄 쓰고 나면 더는 쓸 이야기가 없어 한숨이 나올 때가 있어요. 그럴 때는 다음의 질문들을 스스로에게 던져 보세요. 막혀 있던 생각이 열리고 생각 주머니가 무럭무럭 자랄 거예요.

❶ '왜?'라는 질문에 답해 본다. '왜 그런 일이 있어났을까?', '왜 그런 행동을 했을까?', '왜 그럴까?' 등 나와 내 주변에 일어난 일, 행동, 자연 현상 등을 따져 보면서 생각을 적는다.

❷ 예전에 오늘과 비슷하게 일어났던 일, 또는 오늘과 다르게 일어났던 일을 떠올린다. 두 가지 일을 비교해 보고 새롭게 느낀 점이나 생각을 적는다.

❸ '만약'이라는 생각을 해 본다. 오늘 일어났거나 겪은 일에 '만약 ~ 면', '만약 ~ 했더라면', '만약 앞으로 ~ 한다면' 등의 생각을 해 보면 쓸 이야기가 많아진다.

❹ '나라면 과연 어떻게 했을까?', '나라면 ~ 했을 텐데' 등 나와 다른 사람의 입장을 바꾸어 생각해 본다.

5월 16일 일요일 날씨 바람이 따뜻한 하루

제목 좋아하는 친구

내가 좋아하는 친구는 최정원이다. 짝꿍이었던 정원이는
착하고 재미있다. 그래서 다른 아이들도 당연히 정원이를
좋아한다. 줄넘기도 잘하고 글로 표현도 잘한다. 생기
있게 항상 잘 웃지만 슬플 때는 너무 슬퍼 보인다.
그림도 잘 그린다. 국어 <읽기> 시간에 자기가 좋아
하는 책의 한 장면 그리기를 한 적이 있다. 그때 정원이는
<나야, 뭉치 도깨비야>라는 책의 한 장면을 정말 잘 그렸다.
짝꿍이 바뀔 때 정원이는 나에게 "안녕, 넌 내가
만난 짝 중에서 제일 좋은 짝이었어."라고 했다.
이심전심이라고, 나도 그런데 ······.

정원이를 아주 세심하게 관찰했네.
내가 좋아하는 사람이나 물건에는 나도 모르게 관심이 가지요?
그것을 소중히 기억했다가 일기에 옮기니까 알찬 글이 되었어요.

9 월 16 일 목 요일 날씨 흐렸다가 개었다.

제목 속 시원하면서도 섭섭한 일

피아노 학원을 가려면 문방구 앞을 반드시 지나가
야 한다. 평소와 마찬가지로 문방구 앞을 지나가는
데 오늘따라 이상했다. 문방구 앞이 쥐 죽은듯 조용
했다. 평소에는 문방구 앞 미니게임기에 아이들이 몰려
있었는데…… 그러고 보니 두대 놓여 있던 게임기도
사라지고 없었다. 아하, 방앗간이 없어지니까 참새들이
날아오지 않는구나! 저녁을 먹으면서 그 얘기를 엄마에게
들려주었다. 그러자 엄마가 말씀 하셨다.

"학교 주변에 게임기를 설치하지 못하게 금지했다는구나."
문방구 앞 게임기가 사라지다니! 속이 시원하면서도
섭섭하다. 이제 문방구 앞이 시끄럽지 않아서 좋지만,
나에게 문방구 게임을 해 볼 기회가 없어졌으니까.

시원한 마음보다 섭섭한 마음이 더 큰 것 같은데?
항상 오가던 길에서 어제와 다른 차이를 발견한 것을 보니
관찰력이 뛰어나구나. 그 까닭까지 알아내서 적은 점 훌륭해요.

4 괜히 썼나 봐!

커다란 괴물처럼 느껴지던 일기장이 이제는 제법 만만해 보여요.
일기장의 텅 빈 종이가 마치 컴퓨터 게임에서 마음껏 쓸 수 있는
멋진 아이템 같았지요.

'좋아! 오늘은 정말 멋지게 일기를 쓰겠어. 엄마랑 선생님한테
잘 썼다는 칭찬을 꼭 받아야지.'

동우는 주먹을 불끈 쥐고 일기장을 뚫어지게 쳐다보았어요.

그러기만 해도 일기가 줄줄 써졌으면 좋겠다고 생각하면서
말이에요.

　그렇게 한참을 노려보았지만 그럴수록 머릿속은 새하애졌어요.
또다시 머리를 쿡쿡 쥐어박는데 엄마가 쓴 육아 일기장이 눈에
띄었어요.

　"아하, 이게 있었지!"

　동우는 반가운 마음에 육아 일기장을 냉큼 집어 들었어요.
그러고는 눈을 꼭 감고 궁금한 것을 물었지요.

　"내가 썼던 일기의 문제점이 뭐지?"

　동우는 한쪽 눈을 살며시 떴어요. 순간 자신의 눈을 의심하며
손으로 눈을 비볐지요. 육아 일기장에서 금빛이 사방으로 뻗어
나왔던 거예요.

　"야호, 꿈이 아니었구나. 이건 마법 일기장이야!"

　동우는 재빨리 마법 일기장을 펼쳤어요. 일기장에 금빛 글자가
톡톡톡 찍히듯 나타났지요.

　일기는 그날 있었던 일 가운데
　기억에 남는 한 가지를 잘 정리해서 쓰는 거야.

동우는 마법 일기장을 되풀이해서 읽고는 탁 덮었어요. 그러자 순식간에 금빛이 사라지고 손에 육아 일기장이 들려 있었어요.

"와, 하루에 한 가지씩 일기 쓰는 비법을 알려 주나 봐!"

동우는 크게 기뻐하며 비법을 가만히 떠올렸어요.

'일기는 그날 있었던 일 가운데 기억에 남는 한 가지를 잘 정리해서 쓰는 거야.'

동우는 무릎을 탁 치며 고개를 끄덕였어요.

"아하, 하루에 있었던 일을 다 쓰는 게 아니었구나. 엄마랑 선생님의 반응이 이상했던 이유를 이제야 알겠어."

아무리 생각해도 정말 신기했어요. 마법 일기장은 동우가 궁금한 것을 어쩌면 그렇게 콕 집어서 알려 주는지 모르겠어요.

동우는 가만히 눈을 감고 오늘 있었던 일을 되돌아보았어요.

아침에 일어나서 밥을 먹고 학교에 갔다가 돌아왔어요. 또 학원에 갔다 와서 숙제를 하고 지금 일기를 쓰려고 앉아 있지요. 막상 기억에 남는 일을 고르려니 그것도 쉽지 않았어요.

"밥을 먹었다. 이건 아니잖아?"

동우는 고개를 절레절레 저었어요.

"학교에 갔다 왔다. 이것도 아닌데……."

동우는 다시 고개를 흔들었어요. 학원에 간 것도 별로 기억에 남는 일은 아닌 것 같아요.

동우는 목을 오른쪽, 왼쪽으로 비틀었다가 양손으로 턱을 괴고 곰곰이 생각했어요.

"맞아!"

동우는 환하게 웃으며 큰 소리로 외쳤어요.

오늘 학교에서 있었던 일이 떠올랐어요. 아주아주 기억에 남는 특별한 일이었지요. 짝꿍 윤서를 괴롭히다 선생님께 꾸중을 들었거든요.

가뜩이나 윤서가 미운데 그 애 때문에 어제 학교에서도 집에서도 혼난 것을 생각하면 참을 수가 없었어요. 학교에서 어떻게 윤서를 골탕 먹일까, 약 올릴까 기회만 노렸지요.

동우는 쓱싹쓱싹 일기를 쓰기 시작했어요.

4월 6일 수요일 날씨 : 맑음

나는 오늘 선생님한테 혼났다. 교실 뒤에 서 있는 벌을 받은 거다. 이게 다 장윤서 때문이다. 장윤서는 고자질쟁이에 울보다. 머리카락을 조금 잡아당겼다고 완전 크게 울었다. 선생님한테 혼나라고 일부러 그랬다. 얄미운 계집애

여기까지 쓰던 동우는 연필을 멈추고 지우개로 마지막 글자를 박박 지웠어요. 손등으로 지우개 가루를 툭툭 털고 다시 썼지요.

얄미운 애다. 두고 보자 장윤서. 다음에는 진짜 괴롭혀 주겠다.

부글부글 미운 감정이 일어서인지 일기가 술술 써졌어요. 동우는 일기를 쓰고 나서 소리 내어 읽어 보았어요.

'히히, 아무리 봐도 고칠 데가 없는 완벽한 일기잖아. 오늘 이보다 기억에 남는 일은 없을 거야.'

동우는 어깨를 으쓱하며 의기양양했어요.

"음, 내가 썼지만 정말 잘 썼어. 난 역시 천재야! 하! 하! 하!"

그때였어요. 엄마가 벌컥 문을 열고 들어왔어요.

"일기는 다 쓰고 노니?"

동우의 웃음소리가 엄마 귀에는 노는 것으로 들렸나 봐요.

"당연하죠. 난 천재 동우 님이니까. 음하하."

동우는 큰소리를 떵떵 치며 엄마에게 일기장을 척 내밀었어요.

엄마는 웃는 눈으로 동우를 살짝 흘기고는 일기를 읽어 나갔어요.

동우는 얼른 엄마 쪽으로 머리를 살짝 내밀었어요. 머리를

쓰다듬으며 칭찬해 줄 게 뻔했으니까요.

그런데 이게 웬일이에요?
일기를 다 읽은 엄마의
눈썹이 확 찌푸려지는 게
아니겠어요.
"동우 너, 도대체 왜
그러니? 학교에서 얌전히
공부나 하지 가만있는
윤서는 왜 괴롭혀?"
'아아······.'
동우는 고개를 푹
숙였어요. 학교에서
윤서를 혼내 준 일을 괜히
일기에 썼나 봐요.
이게 다 마법 일기장
때문이에요. 가장 기억에
남는 일을 쓰라고 해서
그대로 했을 뿐인데 돌아오는

것은 꾸지람이잖아요.

동우는 기운이 쏙 빠져서 말했어요.

"잘못했어요, 엄마. 다시는 그런 일기 안 쓸게요."

이제 일기 쓰기를 시작해 볼까?

글감을 골랐다면 일기를 쓰기 위한 준비를 마친 거예요.
다음과 같은 요령들을 익히면 일기 쓰기가 한결 쉬워져
요. 자, 이제 본격적으로 일기 쓰기를 시작해 볼까요?

● 쓸 내용 미리 떠올리기

머릿속으로 쓸 내용을 한 번 생각하고 글을 쓰면 무작정 쓸 때보다
정돈된 글을 쓸 수 있어요. 잠시 눈을 감고 다음 질문에 적당한 답을
떠올려 보세요.

- 언제 어디서 일어난 일인가?
- 무슨 일이 있었나?
- 왜 그런 일이 일어났나?
- 그때 나는 무슨 생각을 했나?

- 그 일의 결과는 어떻게 되었나?
- 지금의 내 마음은 어떤가?

• 때와 장소는 자세히

내가 쓰려고 하는 일이 하루 중에 언제 일어났는지 떠올려 보세요. '오늘'이라고 뭉뚱그리지 말고 아침, 점심, 저녁으로 쪼개어 생각하는 거예요. 만일 저녁에 일어난 일이라면 '저녁을 먹기 전에', '저녁을 먹고 나서', '아빠가 퇴근할 때쯤', '해가 질 무렵에' 등으로 표현할 수 있어요.

또 어디에서 일어났는지 자세히 쓰는 것이 좋아요. 집에서 있었던 일이라면 거실인지, 안방인지, 내 방인지, 화장실인지, 집 앞 마당인지 세밀하게 쓰는 거예요. 3학년 가민이는 장소와 시간을 자세히 밝히고 있어요.

> 학교에서 2교시 미술 시간에 자기가 살고 싶은 집을 상상해서 그림을 그렸다. 나는 버섯집을 그렸다. 내가 버섯집을 그린 이유는 푹신푹신한 집에서 살고 싶기 때문이다.

• 주고받은 말 살려 쓰기

누군가와 주고받은 말을 그대로 살리면 바로 지금 이야기를 나누는 것처럼 현장감이 살아나요. 또 대화를 나누는 사람들의 생각과 기분 등을 알 수 있어서 글 읽는 재미를 더할 수 있지요.

'친구들은 높이 나는 내 연이 무척 신기한가 보다. 민중이랑 다른 아이들이 내 연을 날려 보자고 했다.'는 내용으로 주고받은 말을 살려 쓰면 다음 글처럼 생생한 느낌이 살아난답니다.

"와, 정말 연을 높이 날린다!"
윤주가 내 연을 보고 입을 벌리며 감탄했다.
"야! 나도 한 번 날리게 해 줘라!"
민중이가 손을 내밀며 말했다.
"그래, 좋아."
내가 민중이에게 얼레를 넘기자 아이들이 우르르 달려들었다.
"나도, 나도 한 번만 날려 보자!"

즐거운 일기 습관 ❹ 수첩에 메모를 하자

어떤 경험을 할 때, 재미있는 이야기를 들을 때, 좋은 생각이 떠오를 때 여러분은 어떻게 하나요? 기억하고 싶은 순간도 시간이 지나면 잊혀지고 말아요. 하지만 그때그때 메모를 해 두면 '아하, 이런 일이 있었지!' 하고 떠올릴 수 있어요. 글씨는 나만 알아볼 수 있으면 되니까 삐뚤빼뚤 써도 괜찮아요.

메모하는 습관을 들이면 일기 쓰기에도 큰 도움이 돼요. 오늘 나에게 어떤 일이 일어났는지 쉽게 떠올릴 수 있고, 그때의 감정과 즐거움이 되살아나 일기를 단숨에 써 내려갈 수 있지요. 예쁘고 작은 수첩을 준비해서 내일부터 당장 시작해 볼까요?

내일부터 나도 메모를 해 볼까?

9 월 8 일 수 요일 날씨 맑음

제목 집에 가는 길

학교 수업을 마치고 집에 가는 길에 아주 멋진 나무들과

푸른 잔디밭, 예쁜 꽃들이 나를 반겨 주었다. 자세히 보니

꿀을 빨아 먹는 작은 곤충들이 있었다. 참으로 신기하였다.

나무에 멋진 잎사귀도 잘 살펴보니 나뭇잎을 먹는 애벌레들이

있었는데 조금 징그러웠다. 그래도 보는 것이 재미있어서

한참을 구경하였다. '이렇게 우리 주위에 신기한 것이 많이

있었는데 왜 나는 몰랐었을까?'

앞으로도 이런 생물들이 잘 살 수 있도록 깨끗한 환경을 만들도록

노력을 해야겠다. 오늘 하루는 생물을 관찰할 수 있어서

기분 좋은 날이었다.

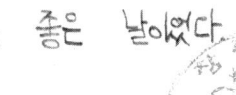

시간과 장소를 자세히 쓰고 본 것과
느낀 점을 잘 정리했구나.
날마다 걷는 익숙한 길에서 새로운 글감을
찾아낸 점도 칭찬해요.

10월 26일 월요일 날씨 추웠다.

제목 할머니네 고구마밭

할머니 밭에서 고구마도 캐 보고 신 난다.

"자, 이제 수레에 실어야지."

덜컹덜컹 우당탕! 고구마가 쏟아졌다.

"고구마 상처 나겠다!"

'쳇, 할머니는 괜히 그러셔.'

할머니네 고구마밭에서 고구마가 네 자루나 나왔다.

그것도 커다란 걸로 말이다.

덜컹! 덜커덩! 이제 다 옮겼다.

"금강산도 식후경이라는데 밥 안 먹나요?"

"그래그래, 어서 먹자."

할머니가 차려 주신 밥은 정말 맛나다.

고구마를 캐고 옮기는 장면을 주고받는 말을 살려
생생하게 잘 담았구나. 동시 한 편을 읽는 것 같아요.
누가 한 말인지 밝혀 주면 더욱 좋은 글이 되겠지요?

⑤ 거짓말이 좔좔좔

엄마가 펄쩍 뛰며 목소리를 높였어요.

"아이고, 동우야. 일기에 그런 내용을 썼다고 엄마가 혼을 내는 게 아니잖아! 윤서를 괴롭히지 말라는 거지."

"다시는 안 그럴게요."

동우의 풀 죽은 모습에 엄마가 가만가만 말했어요.

"일기는 잘 썼구나. 네 일기를 보고 화내서 미안해!"

　이건 칭찬일까요,

아니면 동우에게 화를 낸 게

미안해서 그냥 하는 말일까요?

동우는 알 수 없었어요.

　엄마는 동우가 큰 잘못을 하면 불같이 화를 내요.

언젠가 벽에 걸어 둔 커다란 장식용 나무 숟가락으로 엉덩이를

때린 적도 있어요. 동우가 엄마 몰래 게임을 해 놓고 하지

않았다고 거짓말을 했거든요.

　그때 엄마는 정말 화가 많이 났어요. 거짓말하는 게 가장 나쁜

거래요. 동우는 나무 숟가락이 댕강 부러질 정도로 맞아야

했지요. 그날도 엄마는 동우에게 약을 발라 주며 말했어요.

　"엄마가 화내서 미안해!"

　다음 날, 일기 검사를 했어요.

　선생님은 동우의 일기장에 뜻 모를 글을 남겨 주었어요.

　동우가 일기를 잘 썼구나. 이렇게 잘 쓰면서 그동안 왜

일기를 쓰지 않았을까. 선생님은 동우 일기를 재미있게 읽었단다. 그런데 괴롭힘을 당한 윤서의 입장에서 한번 생각해 보는 건 어떨까?

　동우는 집으로 돌아오는 내내 기분이 이상했어요. 좋은 것도 아니고 나쁜 것도 아니었지요. 일기장에 써 준 선생님의 글이 칭찬이라고 생각할 때는 기분이 좋았다가 꾸중이라고 생각하면 기분이 나빠졌어요.

　하루가 저물고 다시 일기 쓸 시간이 돌아왔어요. 동우는 책상 앞에 앉아 무엇을 쓸까 고민했어요.

동우는 육아 일기장으로 손을 뻗다가 멈칫했어요. 하루 종일 기분이 왔다 갔다 한 것이 모두 마법 일기장 탓인 듯했지요.

"모두 다 너 때문이야. 혼난 것도, 기분이 이상했던 것도! 이제 네 도움 따윈 필요 없어. 사라져!"

동우는 육아 일기장을 휙 집어 던졌어요. 일기장은 벽에 부딪혔다가 침대 위로 툭 떨어졌어요.

"쳇, 내가 다시는 네 도움을 받나 봐라!"

바락 소리치고 나자 속이 조금 시원해졌어요.

동우는 오늘 있었던 일을 떠올려 보았어요.

가장 기억에 남는 일은 바로 엄마에게 혼나고 선생님에게

… …… ?

칭찬인지 꾸중인지 모를 알쏭달쏭한 글을 받은 거예요.

'에이, 그걸 일기에 쓸 수는 없어.'

혼난 일을 일기에 썼다가는 오늘 같은 일이 또 벌어질지도
몰라요. 엄마는 화를 내고 선생님은 칭찬도 꾸중도 아닌 글을 써
주겠지요.

'칭찬받을 수 있는 좋은 방법이 없을까?'

동우는 골똘히 생각에 잠겼어요.

"아하, 바로 그거야!"

동우의 머릿속에 반짝 불이 켜졌어요.

"착한 일 한 걸 쓰면 분명 칭찬받을 거야!"

오늘 동우는 어떤 착한 일을 했을까요? 머리를 감싸 쥐고 아무리

생각해도 떠오르지 않아요.

'이럴 줄 알았으면 교실에 떨어진 휴지를 툭툭 차지 말고 주워서 휴지통에 버릴걸, 엄마가 심부름시킬 때 도망가지 말걸…….'

이제 와서 후회해도 아무 소용이 없었어요.

엄마가 아파서 병원에 입원이라도 하면 얼마나 좋을까요? 엄마 대신 집안일 한 걸 일기에 쓰면 딱 좋을 텐데 말이에요. 엄마는 아무리 아파도 입원도 안 하고, 콜록콜록 감기에 걸려도 하루도 집안일을 거르지 않는 게 문제예요.

4월 7일 목요일 날씨 : 갬

엄마가 아파서 병원에 입원했다.

'어어, 이건 아닌데…….'

동우의 생각과 달리 손이 일기장 위에서 저절로 움직였어요.

그뿐만이 아니에요. 거짓말을 쓰자마자 머릿속에 그다음 쓸 말이 줄줄 떠오르지 뭐예요. 기껏 떠오른 생각을 아깝게 버릴 수는 없었어요.

"에라! 모르겠다."

동우는 생각을 놓치지 않으려고 재빨리 연필을 움직였어요.

나는 내 방 청소를 했다. 깨끗하게 했다. 조금 있으니까 배가 고팠다. 주방을 뒤져 보니까 라면이 있었다. 라면을 끓여 먹었다. 배가 불렀다. 설거지도 했다. 엄마가 빨리 나았으면 좋겠다.

다시 읽어 보니 제법 잘 쓴 것 같아요. 동우는 흐뭇한 기분으로 일기장을 재빨리 가방 속에 챙겨 넣었어요. 당장이라도 엄마가 들어와서 일기장을 보자고 할까 봐 가슴이 콩닥콩닥 뛰었지요.

동우는 후닥닥 씻고 와서 불을 끄고 이불 속으로 쏙 들어갔어요.

솔직하게 써야 진짜 일기

일기는 나에 대한 글이므로 내 마음을 숨김없이 표현하는 것이 좋아요. 쓸까 말까 망설이지 말고 머릿속에 떠오르는 말을 솔직하게 적어 보세요.

● 일기는 나를 비추는 거울

거울을 보고 자신과 대화를 나눠 본 적이 있나요? 일기를 쓰는 시간은 거울에 비친 나를 보듯 내 마음속을 들여다보며 대화를 나누는 시간이에요.

오늘 엄마께 혼이 났다. 혼이 난 이유는 동생과 싸워서이다. 동생이 먼저 바보 멍청이라고 해서 내가 천하에 재수 없다고 하였다. 그래서 동생과 함께 한 대씩 손바닥을 맞았다.

내가 먼저 놀린 것도 아닌데 정말 억울하다. 나를 혼나게 한 동생을 우주로 날려 버리고 싶다.

2학년 현승이는 동생 때문에 억울하고 답답한 마음을 일기에 솔직하게 썼어요. 동생이 미울 때는 미운 마음을 그대로, 선생님이나 엄마에게 억울한 꾸중을 들었을 때는 화난 마음을 그대로 써야 해요. 일기를 쓰는 데 거리낌이 없어야 자유롭게 자신을 표현할 수 있어요. 또 내 마음을 솔직하게 쏟아 내고 나면 답답했던 마음이 한결 홀가분해지는 것을 느낄 수 있지요.

• 솔직한 일기 쓰기를 방해하는 것들

'창피를 당하면 어쩌지?', '선생님과 엄마한테 혼이 나면 어쩌지?' 이런 걱정들은 일기를 솔직하게 쓰려는 마음을 방해해요.

> 수학 시간에 내 뒤에 앉은 명준이랑 슬기가 떠들었다. 하도 시끄러워서 조용히 하라고 말해 줬는데 선생님이 그걸 보고 나를 벌 주셨다. 교실 뒤에서 손을 들고 있는데 눈물이 났다. 너무 속상하고 분하다. 선생님이 잘못한 거 같다. 잘 알아보고 벌을 주면 좋겠다.

3학년 규혁이처럼 '선생님이 잘못한 거 같다.'는 글을 쓰려면 용기가 필요할 수 있어요. 선생님에게 혼이 날지도 모른다는 걱정이 앞서니까요. 하지만 대부분의 어른은 이런 일기를 썼다고 해서 야단치지 않아요. 일기는 비밀이 지켜져야 하는 아주 개인적인 글이기 때문이에요.

그래도 걱정이 된다면 일기의 맨 마지막에 비밀을 지켜 달라는 당부의 글을 덧붙여 보세요. 또 부모님에게는 일기에 쓰는 글로 혼을 내거나 알은체를 하지 말아 달라고 미리 부탁하는 것도 좋은 방법이 될 거예요.

생각으로 이어달리기를 해 보자

"원숭이 똥구멍은 빠알개, 빨가면 사과, 사과는 맛있어……."로 이어지는 옛 놀이 노래를 한 번쯤 들어보았을 거예요. 이 노래처럼 생각도 꼬리에 꼬리를 물고 이어 갈 수 있어요.

> 집에 오는 길에 벚나무를 보았다. 바람이 부니까 하얀 벚꽃이 후드득 떨어졌다. 꼭 눈이 내리는 것 같았다. 지난겨울엔 눈이 많이 와서 즐거운 놀이를 많이 했다. 눈싸움도 하고 눈사람도 만들고 눈썰매도 탔다. 눈썰매를 타다가 다른 애랑 부딪쳐서 엄청 굴렀던 생각이 났다. 그때는 좀 아팠지만 또 타고 싶다. 겨울이 빨리 왔으면 좋겠다.

3학년 현수는 벚꽃이 날리는 것을 보고 겨울에 내린 눈을 떠올렸어요. 그 생각을 눈을 갖고 놀던 추억으로 이어 가고 눈썰매를 타다가 다친 기억까지 연결시켰지요. 이처럼 생각을 이어 가는 훈련을 반복하면 생각하는 힘이 쑥쑥 자라나 일기 쓰기가 훨씬 쉬워진답니다.

꼬리에 꼬리를 무는 생각 달리기?

6월 8일 수요일 날씨 햇볕이 더운 날

제목   1반과 피구를 한 날

1교시에 1반과 피구를 했다. 우리반이 3명이 모자랐다. 그래서

송아가 우리 반으로 왔다. 드디어 경기가 시작됐다.

우리 반이 가위, 바위, 보를 이겨서 우리가 먼저 공격을

했다. 공을 나한테 던지려고 할때 친구들 뒤로 숨어

있었다. 그래서 살았다. 기분이 좋았다. 1판이 끝났다.

우리 반이 이겼다. 송아가 5반에 오길 잘 했다고 말했다.

2판을 시작했다. 2번째 할 때는 친구들 뒤로 숨지 않았다.

그래도 공에 맞지 않았다. 두번째도 우리가 이겼다. 3번째는

섞어서 했다. 우리반 남자랑 다른 팀이 되었다. 3번째 4번째

다 내 팀이 이겼다. 정말 좋고 즐거웠다.

친구들 뒤로 숨은 행동이 마음이 걸렸구나.
일기에 쓰지 않고 넘길 수도 있었는데
솔직하게 쓴 점 칭찬해요.

4 월 10 일 토 요일 날씨 눈부시게 밝았다.

제목 최악의 컨디션

오늘은 매우 운이 안 좋았다. 왜냐하면 학교 끝나고 컴퓨터 갔다 온 뒤에 문방구에 그냥 있다가 총을 가지고 있는 김유준을 봤다. 김유준이랑 곰돌이 옆을 지나가다가 나는 지난번 일을 참을 수 없었다. 지난번에는 형들이 돈을 안 내고 아무거나 가져갔다. 그래서 물건을 슬쩍했다. (선생님 제발 혼내지 말아 주세요!!! 네?!!) 나중에 엄마가 알아서 돈을 곰돌이 문방구 아주머니에게 드렸다. 그리고 집에 와서 회초리 33대 맞았다. 왜 33대냐면 맨 처음에 슬쩍 해서 3대 또 반성 안 하고 만화책 보다가 30대다. 그리고 나는 정말 잘못했다고 생각한다. 그리고 참 신기하다. 학교에서는 침을 삼킬 때와 말할 때 목이 덜 아팠는데 회초리를 맞고 나자 아파졌다. 왜냐면 너무 울어서 목이 아프다.

자신의 잘못을 솔직하게 고백한 용기에 큰 박수를 보내요.
누구나 좋은 물건을 보면 갖고 싶은 유혹을 느낀단다.
솔직하게 말했으니 이제 훌훌 털고, 앞으로는 유혹을 잘 이겨 낼 수 있겠지요?

6 다시는 안 그럴게요

동우는 교탁 위에 일기장을 자랑스레 올려놓았어요.

수업이 모두 끝나 갈 때쯤, 선생님이 회장을 시켜 일기장을
나누어 주었어요. 동우는 두근거리는 가슴으로 일기장을
기다렸어요.

'선생님이 뭐라고 칭찬하는 글을 써 두었을까?'

기다리는 동안 짝꿍 윤서의 일기장을 슬며시 넘겨다보았어요.

'그럼 그렇지.'

윤서의 일기장에는 정말 멋없는 동그란 도장 하나만 달랑 찍혀 있었어요. '참 잘했어요!'라고 씌어 있고 남자아이 여자아이가 만세를 부르며 서 있는 도장 말이에요.

반 아이들은 이 도장이 찍힌 것을 좋아하는지 몰라도 동우는 별로였어요.

담임 선생님도 처음에는 그 도장을 많이 쓰지 않았어요. 일기 검사를 할 때마다 일일이 붉은색 펜으로 한 마디씩 써 주었지요. 그런데 점점 도장으로 대신하는 일기장이 늘어났어요.

"뭘 보니? 남의 일기장을 왜 훔쳐봐!"

윤서가 빽 소리를 지르며 일기장을 덮었어요.

"흥, 누가 네 일기장을 봤다고 그래? 보여 줘도 안 봐!"

"쳇!"

윤서가 고개를 홱 돌렸어요. 동우는 자기 일기장에 도장만 쾅 찍혀 있지는 않기를 바랐어요.

몇 권 안 남은 일기장을 들고 회장이 동우 곁으로 다가왔어요. 동우의 가슴이 두근두근 뛰었어요.

그런데 회장이 동우를 그냥 지나쳐요. 동우는 회장의 옷자락을 잡아당기며 물었어요.

"내 일기장은 왜 안 줘?"

반장이 남은 일기장에서 이름을 확인하더니 대답했어요.

"네 건 없는데?"

참 이상해요. 아침에 분명히 일기장을 냈는데 말이에요. 동우는 한 손을 번쩍 들어 올리며 말했어요.

"선생님, 제 일기장이 없어요."

"참, 동우야. 넌 이리 나와서 받아 가렴."

동우는 무슨 일일까 고개를 갸웃하며 교실 앞으로 나갔어요. 선생님이 동우의 머리를 쓰다듬으며 걱정스레 물었어요.

"그래, 어머님은 많이 편찮으시니?"

순간 동우는 무슨 말인지 몰라 잠깐 어리둥절했어요. 그러다 어제 쓴 일기 내용이 떠올랐지요.

하루 종일 친구들과 노는 데 정신이 팔려서 일기 내용을 까맣게 잊었지 뭐예요.

"아~ 네, 오늘 아침에 퇴원한다고 하셨으니까 지금쯤 집에 와

계실 거예요.”

　“그래, 어머니께 어서 쾌차하시길 바란다고 전해 주렴. 알았지?”

　‘엥? 쾌차?’

　동우는 그게 뭘까 생각하다 용기를 내어 물었어요.

"선생님, 쾌차가 뭐예요?"

선생님이 "호호호!" 소리 내며 웃더니 알려 주었어요.

"병이 완전히 나으시라는 뜻이야."

동우는 고개를 끄덕였어요.

어른들은 이상해요. 그냥 "병이 빨리 나으세요." 하면 될 텐데 왜

군이 쾌차니 하는 어려운 말을 쓰는지 모르겠어요.

동우는 자리로 쌩 돌아와서 펄럭펄럭 일기장을 펼쳤어요.

어머님이 편찮으셔서 동우가 걱정이 많겠구나. 그런데도

이렇게 씩씩하게 집안일을 돕다니 참 장하다! 동우가 착하

니까 어머님 병도 금세 나으실 거야.

이건 분명히 칭찬이에요, 칭찬! 동우는 "야호!" 소리가 절로
나왔어요. 윤서가 옆에서 힐끗 눈을 흘겼어요.

동우는 신이 나서 구름 위를 걷듯 사뿐사뿐 집으로 돌아왔어요.

"엄마!"

동우는 신발을 훌렁훌렁 벗어던지며 으스댔어요.

"나 오늘 일기 잘 썼다고 선생님께 칭찬받았다!"

동우는 엄마의 칭찬과 맛있는 간식을 기대하며 연신
싱글벙글거렸어요.

그런데 엄마는 한참이 지나도 아무 말도 하지 않았어요. 그냥
말이 없는 게 아니라 팔짱을 끼고 도끼눈으로 동우를 노려보고
있지 않겠어요.

뭔가 이상해요. 선생님에게 칭찬받은 일을 들려주면 엄마는
환하게 웃으면서 "뭐 맛있는 거 해 줄까?" 묻고는 했거든요.

"김, 동, 우!"

엄마가 입을 앙 다물고 힘을 줘서 이름을 불렀어요. 그렇게

성까지 넣어서 부를 때는 분명 화가 많이 난 거예요.

"왜 그러세요, 어머니?"

동우는 저도 모르게 어머니 소리가 튀어나왔어요.

"너, 도대체 일기에 뭐라고 썼니? 일기장 이리 내 봐!"

일기장에 쓰인 선생님의 칭찬을 보면 엄마 기분도 좋아질지

몰라요.

동우는 얼른 일기장을 꺼내 보였어요.

엄마가 일기를 단숨에 읽고 성난 목소리로 말했어요.

"일기에 왜 거짓말을 썼니? 선생님이 괜찮냐고 전화를 하셔서

엄마가 얼마나 당황한 줄 알아?"

이게 웬 날벼락이에요. 선생님이 그런 일로 집에 전화를 할 줄은

꿈에도 몰랐지요.

동우는 기어 들어가는 소리로 웅얼웅얼 말했어요.

"저기, 그게, 쓸 게 너무……."

"또박또박 큰 소리로 말해!"

엄마 목소리가 너무 뾰족해서 듣기만 해도 무서웠어요.

"일기 잘 썼다고 칭찬받고 싶은데 쓸 게 너무 없었어요. 처음엔

엄마가 조금만 아픈 걸로 쓰려고 했는데, 손이 말을 안 들었어요.
그래도 선생님께는 착하다고 칭찬을 아주 많이 받았어요."

엄마는 기가 찬 듯 동우를 빤히 보며 말했어요.

"거짓말로 쓰는 건 일기가 아니야. 일기는 그날 있었던 일을
솔직하게 쓰는 거야. 잘못한 일이 있을 땐 반성도 하고. 그런데
반성은커녕 거짓으로 꾸며 내다니……."

엄마가 잠시 화를 누르며 말을 이었어요.

"엄마가 러닝 머신 위에서 운동하다가 선생님 전화를 받고
얼마나 놀란 줄 알아?"

"알았어요, 엄마. 다시는 거짓말로 일기를 쓰지 않을게요."

동우가 엄마 눈치를 살피며 대답하자 엄마는 한결 누그러진
목소리로 말했어요.

"상상으로 일기를 쓸 수는 있어. 대신 누가 읽어도 상상으로
썼다는 걸 알 수 있어야 해. 알았어?"

"아, 상상한 걸 쓸 때는 꼭 상상이란 걸 밝혀야 하는구나."

사소한 것까지
자세히 써라

일기를 두세 줄 쓰고 나면 더는 쓸 내용이 없을 때가 있어요. 선생님과 엄마는 자꾸 일기를 길게 쓰라고 하는데 이럴 때는 어떻게 해야 할까요?

● 경험한 일 다시 떠올리기

똑같은 경험을 한다고 일기의 내용이 저마다 같은 것은 아니에요. 생각하기 귀찮다고 일기를 대충 쓰면 2학년 겸이의 일기처럼 짧고 재미없는 글이 되고 말아요.

가을 소풍으로 '서울숲 가을 페스티벌'에 갔다. 책도 만들고 게임도 하고 아주 재미있는 하루였다.

이것은 일기라기보다 메모장에 간단히 기록을 남기는 수준에 불과

해요. 그때의 상황을 떠올리려고 애쓰는 마음이 없으면 이렇게 밋밋한 일기가 될 수밖에 없지요.

일기를 쓰기에 앞서 그곳에 가서 경험한 일들을 찬찬히 떠올리면 수많은 장면이 떠오를 거예요. 이것을 일기에 그대로 옮기면 내용이 한결 풍부해진답니다.

> 친구들과 함께 '서울숲 가을 페스티벌'에 갔다. 거기서 얼굴에 페이스 페인팅도 하고 알록달록 예쁜 모래 그림도 그려 보고, 책을 읽고 느낀 점을 한지에 적어 커다란 배에 붙여 보기도 했다. 또 북아트 체험장에 가서 한지로 책도 만들어 보았다.
> 재생지와 이면지를 이용해서 만든 수첩도 보았다. 그 수첩들을 보자 종이를 아껴야겠다는 생각이 들었다.

겸이와 한 반인 인경이의 일기예요. 경험한 내용을 하나하나 되짚으며 자세하게 썼지요. 인경이는 머릿속으로 그날의 일을 다시 돌아보는 즐거운 경험을 했을 거예요. 어때요, 겸이의 것보다 훨씬 알찬 일기가 되었지요?

● 내 생각과 느낌도 자세히

경험한 일만 자세히 쓰고, '참 재미있었다.', '신 나는 하루였다.' 이렇게 간단히 내 느낌을 쓰고 일기를 마무리하는 친구들이 많아요. 이것은 겪은 일을 모두 다 쓴 다음에 느낌을 적으려 하기 때문에 벌어지는 현상이에요.

처음으로 나 혼자 범퍼카를 탔다. 내가 운전하는 대로 차가 움직이는 게 신기했다. 다른 차와 박치기할 때는 심장이 쿵 떨어지는 것 같았다. 좀 지나니까 적응이 되고 재미있었다. 그다음에는 동생이랑 회전목마를 탔는데 시시해서 하품이 났다.

3학년 승환이는 놀이 기구를 탈 때마다 느낌을 표현했어요. 승환이처럼 놀이 기구라고 다 재미있는 것은 아닐 거예요. 또 재미있는 정도도 놀이 기구마다 조금씩 다르지요. 그런 다양한 느낌을 경험 뒤에 바로 붙여서 쓰면 나의 감정들을 놓치지 않고 표현할 수 있어요.

즐거운 일기 습관 ⑥ 주변을 자세히 관찰하자

비 온 다음날, 길에서 꼬물꼬물 기어가는 지렁이를 본 적이 있나요? 이때 그냥 지나치지 않고 지렁이의 움직임을 자세히 관찰하면 이 또한 일기의 훌륭한 글감이 된답니다.

등굣길에 지렁이를 보았다. 굵기는 내 손가락만 하고 길이는 훨씬 길다. 불그스름한 빛깔에 할머니 이마처럼 주름이 쭈글쭈글했다. 죽었나 하고 나뭇가지를 주워 와 톡 건드렸다. 그랬더니 몸이 두꺼워졌다 가늘어졌다 하면서 움직였다.

지렁이의 움직임을 관찰하고 쓴 3학년 영범이의 일기예요. 마치 눈으로 본 듯 무척 생생하게 느껴져요.
동물뿐 아니라 책 읽는 엄마, 떼쓰는 동생, 설거지하는 아빠 또는 연필꽂이나 책, 지우개 등도 자세히 살피는 습관을 길러 보세요.

12월   6일   토요일   날씨 손이 시렵다.

제목   공룡 멸망

학교에서 화산 폭발 실험을 했다. 난 이 실험을 2번째로

하는 거다. 집에서도 6살이나 5살이나 7살 때 했다.

어쨌든 지점토 2개 가지고 공룡 9마리와 알 5개 이상을 만들고

거대한 화산 주변을 나무로 빙 둘러쌌다. 용암이 나오는

부분은 요구르트 병으로 만들어서 작다. 나와 친구들은 공룡,

나무, 알, 화산을 색칠했다. 그 다음에 선생님이 화산을 부글부

글 끓게 해 주셨다. 그리고 TV로 화산이 폭발하는 걸 보여 주셨

다. 로마도 화산이 폭발해 망했다. 우리나라에도 홍수, 지진,

화산 이런 끔찍한 일이 일어날 수 있다.

화산 실험 과정을 자세히 설명했구나.
다른 나라에 화산이 폭발하는 것을 보고
우리나라로 생각을 발전시킨 점 칭찬해요.
느낀 점이 있었다면 더 좋은 일기가 되었을 거예요.

1 월 26 일 화 요일 날씨 비가 내린다.

제목 알아서 해먹기

오늘 학원을 갔다오니 비가 내린다. 집에 엄마가 있지만 엄마께서는 우리가 (형과, 나) 먹은 것을 요리해 먹으라고 하셨다. 우리는 고민 끝에 난이도가 하인 라면보다, 난이도가 중인 옥수수 그라탕을 하기로 하였다. 이런것은 해 본적이 없어서 기대가 되었다. 접시 바닥에 마가린을 조금 바른다. 그동안 나는 치즈를 벗기고 있었다. 형아는 옥수수 통조림을 따서 두 접시에 나눠 담았다. 그 위에 피자치즈를 뿌리고 치즈를 얹었다. 파슬리를 넣고 구우니~ 맛있는 옥수수 그라탕이 완성이 되었다. 형과 내가 만들어서 그런지 더더더욱 근사해 보인다.

맛까지 근사하다.

형과 함께 요리하는 과정을 아주 자세히 쓴 점 칭찬해요.
나중에 옥수수 그라탕을 한 번 해 먹고 싶구나.

㉠ 노벨 문학상 받으면 어떡하지?

동우는 연필 꽁무니에 달린 지우개로 이마를 토동토동 두드렸어요.

"아이참, 오늘 일기는 또 뭘 쓰지?"

아무리 떠올려 봐도 딱히 기억에 남는 일이 없어요.

그때 책상 위에 놓인 육아 일기장이 눈에 띄었어요. 동우는 마법 일기장이란 것도 깜박한 채 일기장을 휙휙 넘겼어요. 아기 동우가 조금씩 자란 모습이 군데군데 사진으로 남아 있었지요.

동우는 한 곳에서 손을 멈추었어요. 작은 아기 손톱이 투명 테이프로 붙여져 있었어요.

1월 5일 일요일 날씨 : 구름이 두둥실

동우의 손톱을 깎았다.

인형처럼 작디작은 동우 손을 남편과 둘이 꼭 붙잡고 생채기 라도 날까 봐 얼마나 떨었는지 모른다.

동우야, 언젠가 너도 혼자 손톱 깎는 날이 오겠지? 이 깜찍한 손으로 글씨를 쓸 날도 올 거야. 그런 순간마다 엄마 아빠가 박수 치며 널 응원할게.

정말 정말 사랑해.

다시 몇 장을 휘리릭 넘겼어요.

1월 23일 목요일 날씨 : 내 기분처럼 흐린 날

남편 회사가 문을 닫았다.

처음으로 동우의 손톱을 깎았다 ♥♥

작고 귀여운
동우의 손톱 ~ !!
다음에 동우가 크면 보여 줘야지.
이렇게 작은 손톱을 가지고 있었다고 말이다 ~ !!

이런 날이 올 줄이야.
동우가 아직 어려서
큰돈이 들지 않는 게
그나마 다행이다.
남편 얼굴이 며칠
사이에 부쩍 야위
었다. 가여운 사

람. 남편을 위해서도 동우를 위해서도 마음 굳게 먹고 허리

띠를 졸라매야겠다.

아, 아파트로 이사 갈 날이 내게도 과연 올까? 동우가 크면

방도 따로 줘야 할 텐데……

일단 내 물건은 사지 말고 음식 값도 줄여야겠다. 동우 이유

식이랑 간식은 내 손으로 정성껏 만들어 줘야지.

엄마의 육아 일기를 한 줄 한 줄 읽는 사이에 콧등이 시큰하고

눈꼬리에 눈물이 맺혔어요.

이 아파트도, 혼자 쓰는 방도 다 엄마 아빠가 고생해서 누리게 된

것이었어요.

"고마워요, 엄마! 아빠!"

동우는 엄마에게 혼날 때마다 마음속으로 엄마를 '지옥 마녀 대장'이라고 부른 것이 후회됐어요. 엄마는 동우를 이렇게 사랑과 정성으로 키웠는데 말이에요.

동우가 육아 일기장의 마지막 장을 덮는 순간, 갑자기 일기장에서 금빛이 퍼져 나왔어요.

"와, 반갑다. 마법 일기장아, 얼마 전에 너를 집어 던졌던 것 정말 미안해!"

동우는 호기심으로 눈을 반짝이며 일기장을 펼쳤어요.

오늘 있었던 일 중에서 어제와 다른 특별한 일 한 가지를 골라 봐!

동우는 곰곰이 생각하다가 이내 한 가지 일을 떠올렸어요.

"그래, 거짓으로 일기를 써서 엄마를 속상하게 한 일이 있었지."

그 순간 동우는 깜짝 놀랐어요. 마법 일기장 위의 금빛 글자가 빠르게 움직이며 바뀌지 뭐예요.

한 가지 일을 자세하게 써야 해. 언제 어디서 무슨 일이 일어났는지 쓰고 그 일 때문에 일어난 일로 생각을 가다듬으렴.

"음, 처음에 무슨 일이 있었지?"

수업이 끝날 때쯤 학교 교실에서 일기를 잘 썼다고 선생님께 칭찬을 받고 기분이 좋았어요. 그런데 집에 돌아와서 거짓말로 일기 쓴 것을 엄마에게 들키는 바람에 혼이 났지요.

동우의 생각을 알아채기라도 한 듯 마법 일기장에는 다시 다른 글자들이 찍혔어요.

잘했어. 그렇게 일기를 써 봐.

동우는 생각을 가다듬고 차근차근 일기를 썼어요.

4월 8일 금요일 날씨 : 흐림

학교에서는 기분이 좋았다. 일기 때문에 선생님께 칭찬을 받았다. 엄마가 입원해서 내가 집안일을 했다고 썼다. 일기 쓸 게 없어서 저절로 거짓말이 지어진 거다.

내 손을 내 마음대로 막을 수 없었다. 그런데 선생님은 칭찬을 해 주셨다.

여기까지 쓰고 나니 제법 일기가 잘된 것 같았어요. 거짓말이 하나도 없잖아요. 동우는 흐뭇한 표정으로 일기를 한 번 쓱 읽고 이어 쓰기 시작했어요.

집에 왔더니 엄마가 잔뜩 화가 나 있었다. 선생님께 전화를 받았다고 한다. 러닝 머신 위에서 운동하고 있다가 전화를 받았다고 마구마구 화를 냈다. 꼭 지옥 마녀 대장 같았다.

동우는 갑자기 쿡쿡 웃음이 났어요.
러닝 머신 위에서 뛰다가 많이 아프시냐는 전화를 받다니, 얼마나 당황했겠어요. 한참 웃고 나서 동우는 일기를 계속 썼어요.

엄마는 정말 많이 화가 났다. 나는 다시는 거짓으로 일기를 쓰지 않겠다고 했다. 엄마의 화가 겨우 풀렸다. 엄마는 상상으로 일기를 쓸 수는 있지만 거짓말로 일기를 쓰지 말라고 하셨다. 또 상상으로 쓸 때는 누가 봐도 상상이란 걸 알 수 있어야 한다고 하셨다.

마침표까지 크게 찍고 나니 뿌듯했어요. 동우는 내친김에 방금 쓴 일기를 다시 읽어 봤어요. 다시 봐도 마음에 쏙 들어요.

"이러다가 나중에 노벨 문학상이라도 받는 게 아닐까? 히힛!"

동우의 상상은 뭉게구름처럼 피어올라 머릿속을 동동 떠다녔어요.

'그럼 상금을 많이 받겠지? 그 돈을 어디에 쓸까? 그래, 기분이다. 레고랑 게임기 살 돈만 남기고 엄마 아빠에게 뚝 떼어 드리자!'

이게 모두 마법 일기장 덕분이에요.

동우는 엄마의 육아 일기장을 손으로 살살 쓸었어요. 내일이면 다시 또 어떻게 일기를 써야 할지 알려 줄 거예요.

마법 일기장이 있으니까 일기 쓰기가 조금 재미있어요.

'다른 사람들도 마법 일기장을 하나씩은 가지고 있겠지? 특히

일기를 잘 쓰는 짝꿍 윤서는 말이야.'

동우는 우쭐한 마음으로 일기를 다시 읽어 보았어요. 그런데 뭔가 허전한 것 같아요.

"음, 대체 뭘까?"

동우는 고개를 갸웃거렸어요. 오늘의 마법은 끝났으니 마법 일기장에게 더는 물어볼 수도 없어요.

동우는 일기를 뚫어지게 쳐다보다가 손뼉을 딱 쳤어요.

"맞아! 이렇게 멋진 일기에 제목이 없잖아. 제목이 없어서 허전했던 거야."

동우는 일기 맨 위에 연필을 꾹꾹 눌러 썼어요.

제목 : 거짓말 일기

반성과 느낌, 꼭 써야 할까?

반성이나 느낌을 쓰지 않고도 일기를 마무리할 수는 있어요. 하지만 그런 글은 일기라기보다 어떤 사실을 기록한 기록문에 가까워요. 반성과 느낌을 쓰면 내 마음의 키와 글쓰기 솜씨가 무럭무럭 자란답니다.

• 더 나은 내가 되게 하는 '반성'

반성은 자신의 말과 행동에 잘못이나 부족함이 없는지 돌이켜 보는 것을 말해요. 나의 말과 행동을 돌아보았을 때 후회되는 일, 다른 사람의 입장에서 생각해 보는 일, 반성은 거기에서 시작되지요.

> 내 짝 채원이 때문에 벌점을 받았다. 미술 준비물을 깜빡한 걸 선생님께 이른 것이다. 친구들한테 빌리려고 했는데! 너무 화가 나서 쉬는 시간에 채원이 발을 걸었다. 채원이가 넘어져서 엉엉 울었다. 그때는 고소했는데 지금 생각해 보니 많이 아팠겠다.

내가 좀 심했나?

3학년 영수는 친구를 골탕 먹이고 고소해하다가 '많이 아팠겠다.'라고 친구의 입장에서 생각하고 있어요. '내가 좀 심했나?'에서는 영수의 미안해하는 마음을 엿볼 수 있지요. 이것으로 반성은 충분해요. 글에 드러나 있지는 않지만 영수는 다음부터 심한 장난을 하지 않으려고 애쓸 거예요. 이렇게 진심으로 반성을 하면 점점 더 나은 내가 될 수 있지요.

● '느낌'을 적어야 참 일기

놀이 기구를 탔을 때, 엄마가 꼭 안아 주었을 때 또는 바퀴벌레를 발견했을 때, 달리기에 졌을 때 여러분은 어떤 느낌이 드나요? 다음 일기에는 2학년 찬수의 걱정하는 마음이 잘 나타나 있어요.

> 구구단을 외워 오라고 해서 1단부터 9단까지 다 외웠다. 그리고 오늘 학교에서 구구단을 외웠다. 마음이 쿵닥쿵닥거리고 속으로 '틀리면 어떡하지. 틀리면 학교에 남아서 다 외워야 한다고 했는데!' 생각했다.

일기는 그때그때의 느낌을 그냥 흘려버리지 말고 잘 기억했다가 적는 나를 위한 기록이에요. 느낌을 적어야 진정한 일기라고 할 수 있지요. 다음과 같이 느낌을 나타내는 말을 넣어 나의 감정을 표현해 보세요. 한결 생생한 일기가 될 거예요.

좋은 느낌	나쁜 느낌
고맙다, 행복하다, 즐겁다, 신 난다, 멋지다, 예쁘다, 아름답다, 맛있다, 따뜻하다, 화려하다, 사랑한다, 좋아한다, 시원하다, 포근하다, 재미있다, 기분 좋다, 맛있다 등	지겹다, 끔찍하다, 거칠다, 힘들다, 징그럽다, 슬프다, 괴롭다, 싫다, 화난다, 아프다, 피곤하다, 지친다, 밉다, 얄밉다, 이기적이다, 지루하다, 걱정하다 등

즐거운 일기 습관 ❼ 맞춤법 걱정을 내려놓자

일기를 쓰면서 '맞춤법이나 띄어쓰기가 틀리면 어떡하지?', '말이 안 된다고 혼나면 어떡하지?' 같은 걱정은 조금도 하지 마세요. 일기 쓰기에서 중요한 것은 맞춤법이나 띄어쓰기가 아니라 글의 내용이기 때문이에요. 어떤 내용을 담았는지, 내 마음을 잘 나타냈는지 등이 훨씬 더 중요하답니다.

선생님이나 엄마가 일기를 읽고 틀린 글자를 고쳐 주기도 할 거예요. 그렇다고 절대 기죽을 필요는 없어요. 틀린 글자는 잘 익혀서 다시 틀리지 않으면 되니까요. 걱정이 많으면 일기 쓰기가 점점 더 싫고 어렵게 느껴져요. 모든 걱정을 내려놓고 편한 마음으로 일기를 써 보세요.

그래, 이제 편하게 써야지.

맞춤법 걱정하지 마.

7월 27일 수요일 날씨 더운날

제목 반성

오늘 저녁쯤 나는 누워서 책을 보고있었다. 책을 보고 있는데

엄마가 가서 콩나물을 사오라고 심부름을 시키셨다. 그냥 책을

다 보고 가려고 여러 가지로 핑계를 대면서 시간을 끌고

있었다. 그런데 엄마가 금세 아빠한테 전화기로 내가

잘못한 것을 말해 버리셨다. 나는 엄마에게 잘못했다고

빌었지만 끝이없다. 우리엄마는 화가 쇳덩어리처럼

나면 어떤 것도 엄마의 결심을 못 바꾼다. 그래서 나는 남은

시간동안 두려워서 엄마의 말을 순순히 따랐다. 앞으로는

이렇게 되지 않도록 사소한 일이라도 열심히 해야겠다.

그리고 엄마의 말에 말대꾸 하는 것을 확 끊어야겠다.

잘못한 일을 반성하고 말대꾸도 하지 않겠다니
결심이 훌륭한걸. 핑계를 댔다는 표현에서
이미 진심으로 뉘우친 것을 알겠어요.
화가 쇳덩어리처럼 났다는 표현은 무척 재미있구나.

11월 23일 일요일 날씨 맑음

제목 증조할머니

나에게는 증조할머니가 계시다. 증조할머니는 우리가 올때마다 자주 용돈을 주시고, 맛있는 것을 주신다. 할머니는 연세가 아주 많으신데 아직도 건강하시다 또 우리가 갈때에는 반갑게 배웅을 해주신다. 그런 할머니를 뵈러 갔는데 왼쪽 팔을 다치셔서 붕대를 감고 계셨다. 나는 붕대를 감고 계시는 할머니를 보자 마음이 아팠다. 그런데 이상하게도 할머니께서 괜찮다고 하시자 나의 마음이 더 무거워졌다. 나에게 잘 해주시는 할머니가 더욱더 건강하게 계셨으면 좋겠다.

"할머니, 건강한 모습으로 오래오래 제 곁에 계셔 주세요!"

할머니를 진심으로 사랑하고 걱정하는 마음이 잘 나타나 있구나. 마음이 무겁다는 감정 표현을 보니 책을 많이 읽은 것을 잘 알겠어요.

8 일기왕이 되고 싶어

"아하하!"

일기장을 검사하던 선생님이 갑자기 큰 소리로 웃었어요.

문제를 풀던 반 아이들이 한꺼번에 고개를 들고 멀뚱멀뚱 선생님을 쳐다보았어요. 그제야 선생님도 민망했는지 아이들을 둘러보며 말했어요.

"아, 미안, 미안. 모두 하던 공부 계속하세요."

그렇다고 가만히 있을 아이들이 아니에요. 어떻게 찾아온 기회인데 그냥 놓치겠어요.

  "선생님, 뭔데요? 알려 주세요!"

  한 아이의 외침을 시작으로 반 아이들이 입을 모아 소리쳤어요.

  "선생님, 알려 주세요!"

  선생님이 빙그레 웃으면서 동우를 바라보았어요.

  "동우야! 네 일기가 재미있어서 그러는데 친구들에게 읽어 줘도 괜찮겠니?"

  동우는 어깨가 으쓱해졌어요. 자기 일기가 재미있다는데 기분이 나쁠 리 없잖아요.

  "네, 선생님."

  동우는 크게 고개를 끄떡이며 대답했어요.

  선생님은 동우의 일기장을 들고 교탁 앞에 서서 읽기 시작했어요. 거짓말 일기로 혼이 난 이야기였지요.

  귀를 쫑긋 세우고 듣던 아이들이 엄마가 운동을 하다가 선생님 전화를 받고 당황했던 대목에서 모두 깔깔 웃음을 터뜨렸어요.

  동우는 어깨에 힘이 잔뜩 들어갔어요. 자기가 분명 글쓰기의 천재일 거라고 생각했지요.

선생님이 일기를 다 읽고 아이들을 빙 둘러보며 말했어요.

"동우 일기가 재미있지요? 겪은 일을 솔직하게 써서 그래요. 거짓말 일기를 썼다는 것을 솔직하게 고백하고 엄마에게 혼난 일까지 쓰는 용기를 냈어요. 일기는 이렇게 거짓 없이 써야 해요. 여러분, 무슨 말인지 알겠지요?"

"네!"

아이들이 일제히 소리 높여 대답했어요. 동우도 목이 터져라 외쳤지요.

선생님이 동우를 쳐다보며 물었어요.

"동우야, 이렇게 일기를 잘 쓸 수 있으면서 왜 그동안 쓰지 않았니?"

동우는 마법 일기장 덕분에 잘 쓰게 됐다고 말할까 말까 망설였어요. 왠지 사실대로 말하고 나면 마법 일기장이 다시는 비법을 알려 주지 않을까 봐 걱정됐지요.

동우가 우물쭈물하는 사이, 선생님이 말을 이었어요. 딱히 동우의 대답을 기대한 것은 아니었나 봐요.

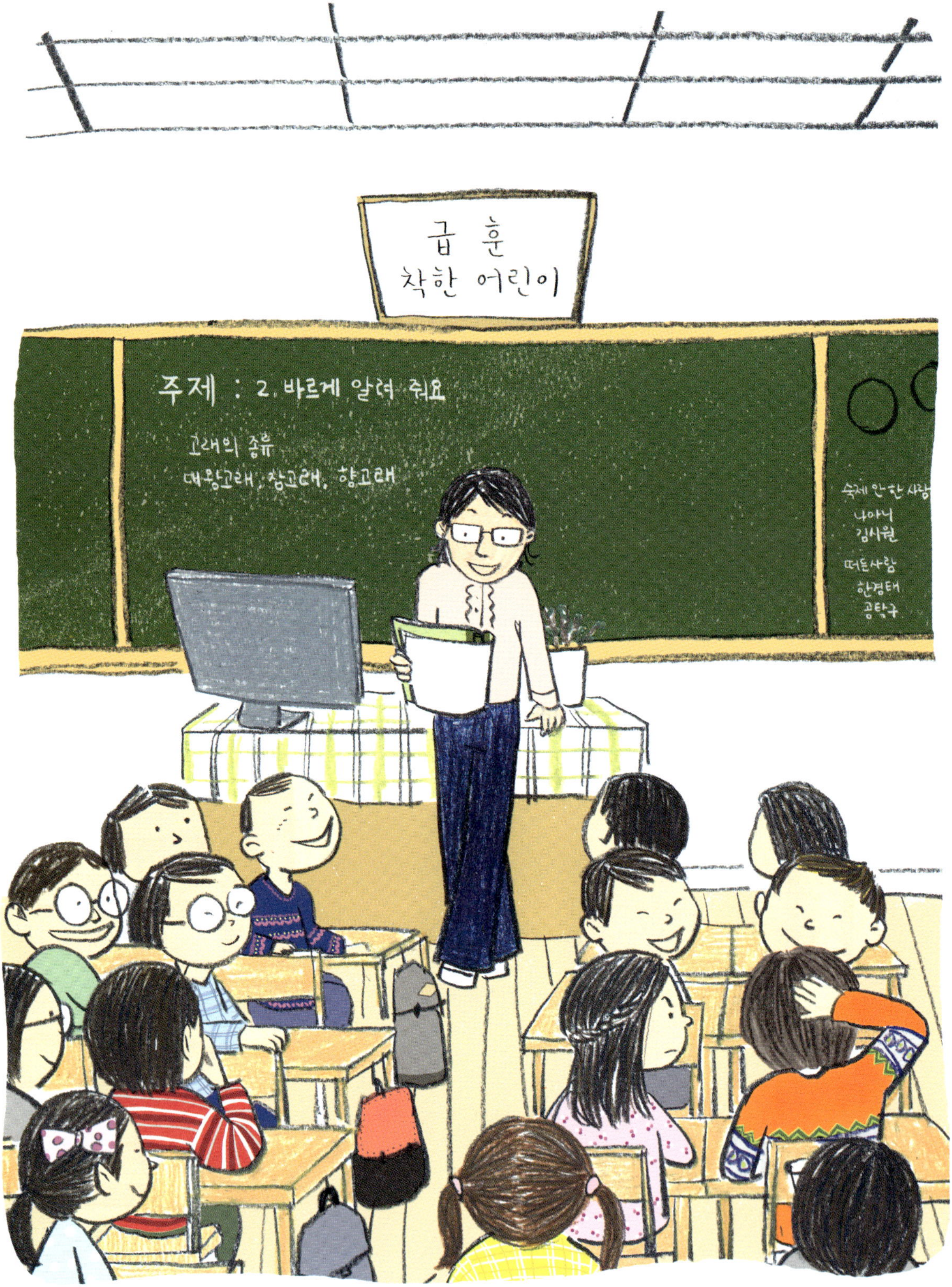
급 훈
착한 어린이
주제 : 2. 바르게 알려 줘요
고래의 종류
대왕고래, 참고래, 향고래
숙제 안 한 사람
나아니
김시원
떠든사람
한경태
공탁구

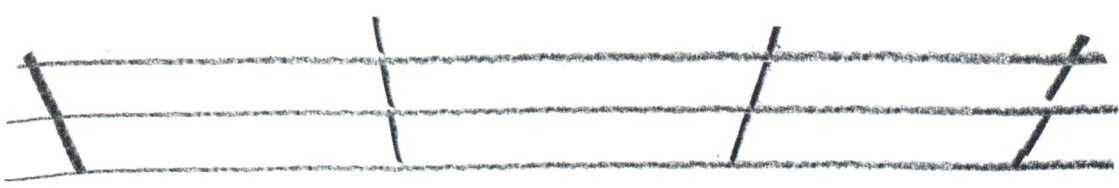

"동우는 일기왕도 노려 볼 만하겠어요. 그러니 더 열심히 쓰세요."

"네!"

동우의 쩌렁쩌렁한 목소리에 윤서가 화들짝 놀랐어요.

동우네 반에서는 한 달에 한 번 일기 잘 쓴 친구를 뽑아 '이 달의 일기왕' 상을 주었어요. 일기왕이 되면 상장과 상품뿐 아니라 친구들의 부러움을 한껏 받을 수 있어요.

일기왕의 영예는 한 달 내내 이어지기 때문에 누구나 받고 싶어 하지요. 어쨌거나 왕은 왕이니까요.

첫 번째 일기왕은 얄미운, 미운, 미운 윤서였어요. 그 생각을 하자마자 와락, 윤서를 이기고 싶어졌어요.

'장윤서, 기다려라. 네 코를 납작하게 해 주겠다.'

동우는 굳게 다짐했어요.

동우의 다짐을 비웃기라도 하듯 곧 주말이 찾아왔어요. 주말에는 일기 숙제가 없거든요.

토요일 하루 일기를 쓰지 않았을 뿐인데 동우는 어쩐지 허전한 마음이 들었어요. 일요일 저녁에 동우는 일기를 쓸까 말까 한참

망설였어요. 하지만 일기장은 펼쳐지지 못한 채 이틀 밤을

보냈지요.

　다시 한 주일이 시작되었어요.

　동우는 평소처럼 밥 먹고, 학교에 갔다 오고, 학원에 갔다 오고,

숙제를 했어요.

　"이번 달에는 꼭 일기왕이 돼야지!"

　동우는 일기장을 펼치며 큰소리를 쳤어요. 그런데 일기장을

내려다보자 말짱 도루묵이 되었지요. 오늘따라 일기장이 넓디넓은

운동장처럼 보이지 뭐예요. 쓸 이야기는 축구공만큼도 떠오르지

않는데 말이에요.

　'주말에 일기를 썼다면 정말 좋았을 텐데…….'

　주말에는 엄마 아빠랑 나들이를 갔어요. 찰랑찰랑 호수도 보고

한옥을 고쳐 만든 음식점에서 지글지글 구운 고기와 매콤달콤한

막국수도 사 먹었지요.

　동우는 간절한 눈으로 육아 일기장을 바라보았어요.

　"마법 일기장아! 나 좀 도와줘. 일기왕이 되고 싶단 말이야."

동우의 바람이 전해졌는지 육아 일기장이 반짝반짝 빛나기
시작했어요. 동우는 반가워하며 마법 일기장을 펼쳤지요. 그런데
이게 어찌된 일이에요.

　　금빛 글자가 토독톡 찍히긴 하는데 도무지 읽을 수가 없어요.

　　　ㄷㄱㅅㅇㅅㅁㄱㅂㅈㅌㅋㅍ ㅡㅘㅏㅐㅔㅗ

"이게 뭐람?"

동우는 김이 팍 새서 마법 일기장을 탁 덮었어요.

마법이 다 떨어져 버렸을까요? 아니면 너무 어려운 부탁을 해서 들어줄 수 없는 걸까요?

'내가 마법 일기장한테 부탁한 게 뭐였지?'

동우는 일기왕이 될 수 있게 도와달라고 했어요.

가만 생각해 보니 마법 일기장은 일기를 잘 쓰도록 가르쳐 줄 수는 있어도 일기왕이 되게 해 줄 수는 없을 것 같아요.

아무래도 너무 무리한 부탁을 했나 봐요.

"내가 쓴 일기에서 부족한 것이 뭘까?"

동우는 혼잣말로 중얼거리며 아직 금빛이 흘러나오는 마법 일기장을 슬쩍 넘겼어요.

그러자 일기장 안에 금빛 글자가 타닥타닥 찍혔어요.

지금까지 쓴 일기에서 부족한 것은 바로 반성과 느낌이 나타나 있지 않은 거야. 그날 있었던 일 가운데 잘못한 것이 없는지 돌아보고, 또 어떤 느낌을 받았는지 써 봐. 그래야 일기를 통해 점점 발전하는 사람이 될 수 있어.

"아하, 이거구나!"

동우는 손뼉을 짝 치며 반가워했어요.

역시 마법 일기장은 동우의 마음을 잘 알고 있어요. 일기왕이 되게 해 달라는 부탁에는 반응이 없더니 궁금한 것을 물어보니까 곧바로 답을 알려 주잖아요.

그러고 보니 며칠 전에 쓴 일기에도 다시는 거짓말 일기를 안 쓰겠다는 반성을 쓰지 않았어요.

"그래, 반성이 들어갔다면 더욱 훌륭한 일기가 되었을 거야."

일기 실력이 쑥쑥!

지금처럼 일기를 쓰는 일이 왠지 재미없고 지루해요. 몇 달 전과 비교해도 일기 쓰는 솜씨가 별로 나아진 것 같지 않지요. 일기를 좀 더 잘 쓰고 싶은데 어떻게 하면 좋을까요?

● 육하원칙에 맞춰 써 보자

육하원칙이란 기사 등의 글을 쓸 때 지켜야 하는 여섯 가지 원칙 즉, '누가, 언제, 어디서, 무엇을, 왜, 어떻게'를 말해요. 일기에도 이 원칙을 적용해 겪은 일을 찬찬히 되돌아보면 좀 더 알찬 글을 쓸 수 있어요.

처음에는 어려울 수 있으니 마인드맵을 그려서 정리해 보세요. 일기에 쓸 내용이 한눈에 들어올 거예요.

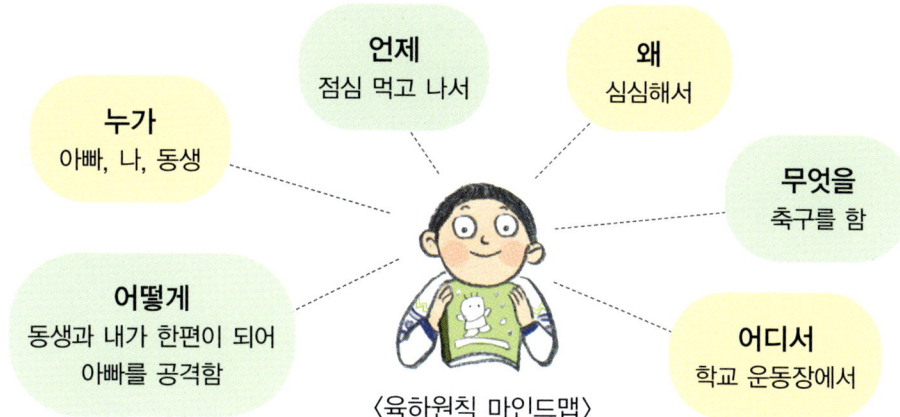

〈육하원칙 마인드맵〉

점심을 먹고 나서 아빠가 "심심한데 뭐 하고 놀까?" 하길래 동생이랑 나는 동시에 "축구해요." 외쳤다. 우리는 학교 운동장으로 가서 축구를 했다. 동생과 내가 한편이 되어 아빠를 공격했다. 공을 쫓아다니느라 땀이 뻘뻘 나긴 했지만 결국 우리 팀이 5대 4로 승리했다.

● 꾸미는 말 덧붙이면 표현력이 쭉쭉!

기본 문장에 꾸미는 말을 덧붙이면 표현력도 풍부해질 뿐 아니라 일기 쓰는 재미를 느끼게 될 거예요. '친구와 놀이터에 갔다.'는 기본 문장에 다음과 같이 각각 꾸미는 말을 덧붙여 보세요.

❶ '친구와'를 꾸밀 수 있는 말 생각하기
  – 까불까불 까불어 대는 친구와
  – 매일 붙어 다니는 단짝 친구와

❷ '놀이터에'를 꾸밀 수 있는 말 생각하기
- 근린공원 안에 있는 놀이터에
- 와글와글 시끄러운 놀이터에

❸ '갔다'를 꾸밀 수 있는 말 생각하기
- 학원이 끝나자마자 갔다.
- 와당탕퉁탕 뛰어서 갔다.

❹ 완전한 문장 만들기
까불까불 까불어 대는 친구와 근린공원 안에 있는
와글와글 시끄러운 놀이터에 와당탕퉁탕 뛰어서 갔다.

일기를 또랑또랑 읽어 보자

일기를 다 쓰고 나면 그대로 덮지 말고 또랑또랑 소리 내어 읽어 보세요. 문장이 이어지지 않는 곳이 있다면 떠듬떠듬 읽게 될 거예요. 그곳은 색깔 펜으로 표시하고 다음 문장으로 넘어가요.
읽기를 마치면 색깔 펜으로 표시해 둔 곳으로 돌아가 어떻게 고쳐 쓸지 생각해요. 이때 간단한 단어 수정 정도라면 지우개로 지우고 고쳐 써요. 문장 전체를 다시 써야 할 때는 지울 문장의 중간에 가로줄을 긋고 번호를 매긴 뒤 공책의 여백에 그 번호를 쓰고 새로운 문장을 써요. 처음부터 한 번 더 읽어 보고 마무리해요.

10 월 23 일 토 요일 날씨 하늘에 구름이 둥둥

제목 땅콩 캐기

할머니와 나랑 형아가 땅콩을 캐러 밭에 갔다. 가는 길에 은행을 주웠다. 가서 보니 엉성한 땅콩 줄기만 몇 그루 서 있었다. 형아가 "땅콩은 땅속에서 자라."라고 말했다. 호미로 줄기 밑을 캐자 땅콩들이 가득 나왔다. 또 땅콩 줄기를 뽑자 땅콩이 달려 있었다. 할머니와 나는 땅콩을 캐고 형아는 땅콩 줄기의 땅콩을 떼어 냈다. 작다고만 생각한 땅콩밭이 거대한 밭, 끝도 없는 밭 같았다. 땅콩 중에 싹이 난 땅콩도 있고, 또 한 번 파헤치면 온갖 벌레가 나왔다. 지렁이도 나왔다. 지렁이는 잡아서 밭 뒤쪽으로 땅을 파서 그 속에 묻어 줬다. 그렇다고 죽은 건 아니다. 땅속에 살면서 흙을 먹는다.

땅콩이 너무 많아서 다 캐지 못하고 형아와 나는 할머니 집으로 갔다 앞으로 땅콩을 우습게 보면 안 되겠다.

할머니와 나랑 형아가(누가) 땅콩을 캐러(왜) 땅콩밭에(어디서) 가서 호미로(어떻게) 땅콩을 캔(무엇을) 행동이 잘 정리되어 있어요.
'언제' 일어난 일인지 썼다면 더 완벽한 글이 되었겠어요.

11월 17일 월요일 날씨 그다지 춥지 않고 햇살이 드리웠다.

제목 일기의 인기

일기를 쓰는데 동생이 "나도 쓸 거야." 한다.

"넌 글씨를 못 써서 안 된다니까!" 이렇게 대답하니까,

"돼! 돼!" 동생이 마구 소리를 질렀다.

안 되겠다. 5가지 불가론을 펴야지.

첫째 일기를 쓸 공책이 없고,

둘째 글씨를 쓸 줄 모르고,

셋째 연필은 잡을 줄 모르고,

넷째 툭하면 종이를 찢고,

다섯째 일기를 쓰다가 딴짓을 하니,

동생은 일기를 포기하는 것이 좋다.

일기가 이렇게 인기가 많다니 열심히 써야겠다.

동생이 일기를 쓸 수 없는 다섯 가지 이유를 조목조목 잘 썼어요.
이렇게 이유를 밝혀 쓰는 연습을 하면 논리적인 글도 잘 쓸 수 있단다.

9 마법 일기장아, 고마워!

그동안 동우는 정말 열심히 일기를 썼어요. 일기 숙제가 없는 토요일에도 썼을 정도예요.

날이 갈수록 일기 쓰기가 새록새록 재미있었어요.

목요일에는 잘못을 저질러서 엄마에게 또 꾸중을 들었어요. 동우는 그 일도 솔직하게 썼어요.

4월 21일 목요일

날씨 : 비가 쏟아지다가 해가 나서 비를 쨍쨍 말렸다.

제목 : 엄마의 잔소리

저녁 때 엄마에게 잔소리를 들었다. 왜냐하면 숙제를 먼저 하지 않고 펑펑 놀았기 때문이다. 학원에 갔다 온 뒤 숙제를 먼저 하고 텔레비전을 봐야 한다. 그런데 텔레비전을 보느라 오늘 숙제를 깜박하고 말았다.

엄마는 숙제를 다하고 놀면 잔소리를 한 마디도 하지 않는다. 그런데 숙제를 잊어버리고 놀면 잔소리를 백 마디 한다.

학원에 갔다 오면 왜 자꾸 놀고만 싶을까? 나도 모르게 블랙홀로 빨려 들듯 텔레비전으로 끌려 들어간다.

정말 잘못했다. 다음부터는 꼭 숙제를 먼저 해 놓고 텔레비전을 보겠다.

앞으로 텔레비전 근처에 가는 걸 아주 조심해야겠다.

선생님은 '솔직한 느낌을 담아서 일기를 잘 썼어요. 동우가 이렇게 글을 잘 쓰는지 선생님이 정말 몰랐네.'라고 칭찬을 듬뿍 써 주었어요.

선생님은 잊어버리기도 잘해요. '동우가 이렇게 글을 잘 쓰는지 정말 몰랐네.'라는 말을 벌써 몇 번째 하는지 몰라요. 그래도 칭찬받는 거니까 자꾸자꾸 들어도 자꾸자꾸 좋았어요.

요 며칠 동우는 기분이 봉봉 날아갈 것 같아요.

10월 22일 금요일 날씨 : 하늘이 반짝반짝 눈부셨다.

제목 : 하지 마!

체육 시간에 운동장으로 가는 길에 표진이가 커다란 애벌레를 잡아 여자애들에게 내밀었다.

"으악!"

여자애들이 소리를 지르며 도망갔다.

"킬킬킬!"

표진이랑 나는 신이 났다. 나도 한 마리 잡아서 여자애들 앞에 휙 던졌다.

"하지 마!"

"하지 말라고!"

여자애들이 도망가면서 꽥꽥 고함을 질러 댔다. 여자애들을 놀리는 게 참 재미있었다. 그까짓 애벌레가 뭐가 무섭다고 난리인지 모르겠다.

다행히 여자애들이 선생님께 이르지 않아 혼이 나지는 않았다. 그렇지만 여자애들을 놀린 것은 무척 잘못한 일이다. 나는 반성한다. 마지막으로 내가 나에게 말한다.

"앞으로는 이런 일이 없도록!"

동우는 일기장을 내면서 마음이 조마조마했어요. 여자아이들을 놀렸다고 선생님에게 혼날까 봐 걱정이 되었거든요. 다행히 선생님은 이번에도 '대화를 잘 살려 썼다.'라는 칭찬을 남겨 주었어요.

선생님은 이제까지 일기장 내용으로 반 아이들을 혼낸 적은 단한 번도 없었어요. 일기는 그 사람의 사생활이니까 보호해 주어야한대요.

선생님이 약속을 꼭 지킨다는 것을 알고 나자 쓰지 못할 말이 없었어요. 더는 혼날까 봐, 창피당할까 봐 걱정하지 않아도 돼요. 그걸 깨닫자 일기가 술술 써졌지요.

이제는 학교에 갔다 와서 학원에 갔다 왔다는 내용으로도 일기를 쓸 수 있어요.

예전에는 똑같이 반복되는 일과로는 아무것도 쓸 수 없다고 생각했어요. 하지만 생각을 가다듬으면 그 안에서 얼마든지 이야깃거리를 찾을 수 있다는 것을 알았지요.

4월 27일 수요일

날씨 : 아침에 흐렸다가 낮에는 전구를 켠 것처럼 밝아졌다.

제목 : 운 좋은 날

나는 늘 수요일을 기다린다. 왜? 수요일에는 맛있는 밥을 먹을 수 있으니까!

오늘은 급식 시간에 간짜장을 많이 받아서 실컷 먹었다.

윤우도 엄청나게 많이 받았다. 그런데 대식이는 줄을 늦게 서서 간짜장을 조금밖에 못 받았다.

먹기 대장 대식이는 속상해서 울려고 했다. 아까웠지만 내 간짜장을 조금 덜어 주었다. 대식이가 '동우는 진정한 친구'라며 엄지손가락을 치켜 세웠다. 처음엔 아까웠는데 칭찬을 듣고 나니 뿌듯하고 기분이 좋았다.

학교 끝나고 가기 싫은 피아노 학원을 억지로 갔다. 그런데 안 갔으면 후회했을 것이다. 학원에서 소시지 3개, 초콜릿 3개, 막대 사탕 1개를 받았기 때문이다.

어쩐지 좋은 일을 해서 상을 받은 하루 같다.

한 달이 훌쩍 지났어요.

드디어 일기왕을 뽑는 날이에요. 이번 달엔 누가 일기를 가장 잘 썼을까요?

동우는 아침부터 가슴이 설레었어요. 이날을 기다리면서

꼬박꼬박 일기를 썼거든요. 처음에는 윤서를 이기고 싶은 마음이 컸어요. 하지만 시간이 지날수록 일기 쓰는 시간이 기다려지고 즐거웠어요.

선생님이 빙그레 웃으면서 말했어요.

"이번 달에 일기를 가장 잘 쓴 친구는……."

선생님이 빙그레 웃으면서 말을 멈추자 아이들이 너도나도 선생님을 재촉했어요.

"아이, 선생님, 빨리 말씀해 주세요."

윤서는 애가 닳았는지 마구 졸랐어요. 이번에도 일기왕이 되고 싶은가 봐요.

동우는 심장이 몸 밖으로 튀어나올 것 같아 눈을 질끈 감았지요.

"이번 달 일기왕은 바로 김동우입니다. 동우 이리 나오세요."

"와!"

아이들이 일제히 동우를 쳐다보며 손뼉을 쳐 주었어요. 동우는 활짝 웃으며 성큼성큼 걸어 나갔지요.

"지난달에 한 번도 일기를 써 오지 않아 선생님을 속상하게 했던 동우가 이번 달에는 정말 열심히 일기를 썼어요. 무엇보다 일기를 아주 솔직하게 쓴 점을 칭찬합니다."

선생님의 말에 아이들이 다시 한 번 박수를 쳤어요.

동우는 감격에 겨워 일기왕 상장을 뚫어지게

바라보았어요. 그러고는 정말 왕이라도 된 듯

아이들에게 흔들어 보이며 씨익 웃었지요.

집에 돌아오자 엄마가 환한 얼굴로 반겨

주었어요.

"잘했다, 우리 동우. 일기왕이

되었다면서!"

윤서가 동우보다 한발 먼저 집에다

알렸나 봐요.

'히힛, 윤서도 그렇게 얄밉기만 한

아이는 아닌가 봐. 좋은 일도

이야기하는 걸 보면.'

학교에서 일어난 일들을 자기

엄마에게 전하는 것뿐인데, 동우는

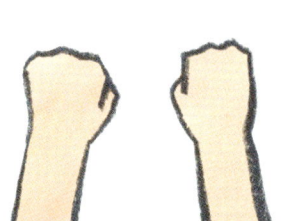

자기가 잘못한 일만 일러바치는 줄 알았지 뭐예요.

동우는 내일부터 윤서를 괴롭히지 말아야겠다고 생각했어요.

동우는 가방 속에서 부스럭부스럭 일기왕 상장을 꺼내다가 갑자기 눈이 커다래졌어요. 거실 탁자 위에 놓인 생크림 케이크를 발견한 거예요.

새하얀 케이크 위에 장식된 빨간 체리가 눈에 확 들어왔어요. 동우는 체리를 생크림에 폭 찍어 먹는 것을 좋아하거든요. 동우는 생크림 케이크를 보며 다시 한 번 다짐했어요.

'그래, 결심했어! 한 번 일기왕은 영원한 일기왕이란 걸 잊지 않겠어.'

상장을 받지 않아도, 생크림 케이크가 없어도, 누가 알아주지 않아도 진짜 일기왕은 일기를 통해 나날이 나은 사람이 되는 것 아니겠어요.

저녁을 먹고 동우는 책상 앞에 앉았어요.

책상 위에는 두 권의 일기장이 놓여 있었어요. 제법 촘촘하게 채워진 동우의 일기장과 마법으로 동우를 변화시킨 엄마의 육아

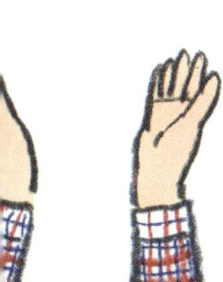
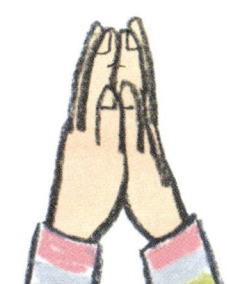

일기장이에요.

동우는 육아 일기장을 들고 입을 쪽 맞추었어요.

"고마워. 다 네 덕분이야."

동우는 가만히 눈을 감고 생각을 가다듬었어요.

무엇을 쓸까? 오래 생각할 필요도 없었어요. 일기왕이 된 걸
일기에 꼭 남겨야지요. 일기가 쓰기 싫어질 때마다 다시 꺼내
읽으면 힘이 날 거예요.

동우는 마법 일기장의 도움을 받지 않고 일기를 술술 써
내려갔어요.

"아유, 기특해라. 일기 쓰는구나!"

엄마가 동우의 머리를 쓰다듬으며 사과 접시를 책상 위에
내려놓았어요. 토끼 귀 모양으로 멋을 낸 사과였지요. 귀한 손님이
올 때만 엄마가 특별히 발휘하는 솜씨인데 오늘은 동우 차지가
되었어요.

동우는 토끼 귀 한 쪽을 아삭 씹으면서 계속 일기를 썼어요.
엄마는 방에서 금방 나가지 않고 흐뭇한 얼굴로 동우를
지켜보다가 갑자기 놀란 목소리로 말했어요.

"어머, 내가 쓴 육아 일기장이잖아! 이게 왜 여기 있지?"

엄마가 두 손으로 육아 일기장을 집었어요.

동우는 하마터면 "안 돼요. 그건 내 마법 일기장이란 말이에요."

하고 소리를 지를 뻔했어요.

엄마는 육아 일기장을 한 장 한 장 넘겼어요. 옛 추억에 잠기는

듯 입가에 미소가 감돌았지요.

"그래, 다시 읽어 보니 기억이 새록새록 나는구나. 이땐 정말 힘들었는데……."

눈물이 나려는지 코가 맹맹해진 목소리였어요. 엄마는 육아 일기장을 읽으며 그대로 들고 나가 버렸어요.

'안 돼!'

동우는 아쉬운 듯 손을 뻗다가 이내 고개를 저었어요. 좀 아쉽기는 하지만 어때요.

진짜 마법 일기장은 이제 동우의 가슴속에 있는걸요.

글솜씨를 뽐내 볼까?

동화책이나 시집에 나오는 글처럼 멋진 일기를 쓰고 싶나요? 의성어와 의태어, 책에서 본 표현, 속담과 고사성어 등을 활용해 보세요. 글쓰기 실력이 무럭무럭 자랄 거예요.

● 의성어와 의태어로 생생하게

어떤 소리를 흉내 내는 말을 의성어라고 하고, 어떤 모습이나 행동을 흉내 내는 말을 의태어라고 해요. 이런 의성어와 의태어를 쓰면 표현이 생생하면서도 풍부해져요.

마침내 내가 발표할
차례가 되자 가슴이
방망이질 쳤다.

의태어 보태기 →

마침내 내가 발표할
차례가 되자 가슴이
쿵쾅쿵쾅 방망이질 쳤다.

사과를 먹다가
이가 빠질 것 같아
앞으로 잡아당겼다.
그랬더니 이가
뽑히고 피가 났다.

→ 의태어 보태기 →

사과를 먹다가
이가 빠질 것 같아
앞으로 잡아당겼다.
그랬더니 이가 뽑히고
철철 피가 났다.

까마귀가 나무 위에서
울고 있었다.

→ 의성어 · 의태어 보태기 →

까마귀가 나뭇가지
끝에 간들간들 앉아서
깍깍 울고 있었다.

● 책에서 본 표현 기억하기

책에서 본 문장을 활용하는 것도 무척 좋아요. 책을 쓰는 작가는 오랫동안 문장 수련을 거쳐서 글을 쓰는 분들이에요. 그래서 좋은 문장을 많이 쓴답니다. 그런 문장을 옮겨서 쓰다 보면 표현력이 쭉쭉 늘어나지요.

작은 집들이 따개비처럼
따닥따닥 붙어 있었다.
뭉게뭉게 피어난 구름은
말랑한 연두부 같았다.

이미애, 《꿈을 찾아 한걸음씩》 중에서

→

아빠랑 유명한 갈비집을
찾아갔다.
좁은 식당 안에 의자가
따개비처럼 따닥따닥
붙어 있었다.

● 속담·격언·명언의 지혜를 담아

옛말이나 속담을 활용해서 일기를 쓰는 것도 좋아요. 옛날 어른들은 한 마디로 할 수 있는 말도 속담이나 명언을 써서 많이 표현했어요. 그 속담이나 명언에 담긴 말뜻으로 자신의 뜻을 쉽게 전달할 수 있기 때문이지요.

숙제가 너무 많지만 차근차근 시작해야겠다.

→ 속담 보태기 →

숙제가 많지만 천 리 길도 한 걸음부터라고 했으니 차근차근 시작해야겠다.

줄넘기는 승윤이가 이겼지만, 제기차기는 내가 이겼다.

→ 고사성어 보태기 →

줄넘기는 승윤이가 이겼지만, 제기차기는 내가 이겨 새옹지마라는 말이 딱 맞았다.

● 그림과 만화로 개성 있게

일기를 순전히 글로만 쓰다 보면 지루하지요? 중간 중간에 그림이나 만화를 그려 넣으면 나만의 개성 넘치기는 일기가 되지요.

공원에서 멋있는 나비를 보고 엄마에게 물었다. "엄마, 저기 멋쟁이 신사 같은 나비가 있어요. 이름이 뭐예요?"

→ 그림 보태기 →

공원에서 멋있는 🦋를 보고 엄마에게 물었다. "엄마, 저기 멋쟁이 신사 같은 🦋가 있어요. 이름이 뭐예요?"

1 월 14 일 수요일 날씨 해가 반짝

제목 라볶이

오늘 할머니가 해 주신 라볶이를 먹었다. 오랜만에
먹어서 그런지 맛이 있었다. 어묵은 물컹물컹하고 떡볶이는
쫄깃쫄깃 했다. 그런데 라면을 넣어서 그런지 아주

조금 맛이 없었다. 그래도 할머니가 해 주신 건 뭐든지
맛있다 또 할머니가 해 주신 것 중에는 김치
찌개가 제일 맛있다. 김치는 좀 짜고 두부는 말랑말랑
하고 마지막으로 햄은 매우면서도 맛있다. 그래서

김치찌개가 맛있다.

물컹물컹, 쫄깃쫄깃, 말랑말랑……
씹는 맛을 무척 다양하게 표현했구나.
그 덕분에 자칫 밋밋해질 수 있는 일기가
한결 생동감이 넘친단다.

12 월 21 일 화 요일 날씨 눈이 남아 있었는데 하나도 안 추웠다.

제목 버릇

나에게는 안 좋은 버릇이 하나 있다. 손톱 물어뜯기이다. 언제부터 시작 했는지 기억이 잘 안 나지만 엄마가 내 손톱을 깎아 주신 지 꽤 오래됐다. 엄마랑 아빠가 "손톱 좀 물어뜯지 마라." 하고 자주 말씀하신다. 손톱에 병균이 많이 살고, 손톱이 못생겨지기 때문이다. 나도 몇 번 고치려고 했지만 어느새 손톱을 물고 있다.

오늘도 손톱을 물어뜯다가 아빠한테 딱 걸렸다. "세 살 버릇 여든까지 간다고 했지?" 하며 마구 잔소리를 했다. 그 속담은 나도 알고 있다. 그런데 정말 세 살 버릇이 여든 까지 갈까? 그럼 나는 80살이 되어서도 계속 손톱을 물어뜯는 것 아냐. ㅇㅁ 생각만 해도 끔찍하다. 손톱 물어뜯는 버릇을 빨리 고쳐 봐야겠다.

버릇은 정말 고치기가 힘들지요?
일기 내용에 맞는 속담을 잘 기억해서 적은 덕분에
글이 훨씬 개성 있어 보이는구나.

이렇게도 **써** 봐요

일기를 매일 똑같은 방식으로 쓰니까
지루하고 재미없다고요?
그럼 다른 종류의 일기도 써 봐요.
친구들의 일기를 보면 어떻게
쓰는지 잘 알 수 있을 거예요.

상상 일기

우주선을 타고 화성에 간다면, 내 몸에 날개가 있다면,
슈퍼맨처럼 힘이 세다면…… 상상만 해도 짜릿한 기분일 거예요.
엉뚱하고 기발한 상상은 일기의 좋은 글감이 됩니다.

가민이의 일기

7월 30일 일요일 날씨 : 맑음

제목 : 내 키가 만약 2cm라면

만약 내 키가 2cm라면 어떻게 될까? 내가 ~~~~~~~~ 이만 하다.

그럼 어떡하지? 혹시 엄마 아빠가 날 못 알아보시지는 않을까?

엄마 아빠에게 말해서 집을 만들어 달라고 해야겠다. 밥은 2톨만

먹어도 되고, 작은 피규어 같은 장난감이 나랑 크기가 비슷하니 같이 놀

수 있을 것이다.

또 선풍기를 쐬면 날아가겠지만 에어컨을 틀면 괜찮다. 연필은 애들이

잘 안 쓰는 몽당연필을 써야겠다. 하하, 재미있겠다.

하지만 잘 생각해 보니 키가 작아지는 건 위험하겠다.

거의 투명 인간이나 마찬가지이기 때문이다. 차라리 지금 내 키에서

조금만 더 크면 정말 좋겠다.

아니면 빨리 어른이 되고 싶다.

4월 3일 토요일 날씨 : 맑음

제목 : 만화 나라

나는 만화 나라를 여행해 보고 싶다.

왜냐하면 만화 속에 있는 친구들을 만날 수 있기 때문이다.

만화에 나오는 것처럼 팽이도 살아 있고 바쿠간도 살아 있고 포켓몬도

살아 움직이면 얼마나 좋을까.

또 '더 피닉스' 등의 기술을 사용해서 축구를 하면 내가 축구의

일인자가 될 수 있을 것이다. 그럼 정말 멋지겠다.

진짜로 이 세상에 만화 나라가 있다면 꼭 가 보고 싶다.

감상 일기

책을 읽고 또는 영화나 뮤지컬, 클래식 등의 공연을 보고 감상을 적어 보세요. 줄거리를 모두 쓸 필요는 없어요. 나에게 가장 인상 깊었던 부분, 감동적인 부분에 초점을 맞춰 느낀 점을 쓰면 됩니다.

현주의 일기

12월 20일 토요일 날씨 : 맑음

제목 : 음악회

동생 희주와 함께 음악회를 보러 갔다. 플루트, 클라리넷, 호른, 바순, 오보에 이렇게 다섯 가지의 악기가 나와 연주를 들려주었다. 다섯 가지의 악기가 나와 연주하는 것을 '오중주'라고 한다.

그런데 나는 <당신은 사랑받기 위해 태어난 사람>의 노래를 들을 때에는 아주 감동적이었다. 또 <마법의 성>이라는 노래를 들을 때에는 정말 날아갈 듯 아름다운 음악처럼 느껴졌다.

그리고 악기들의 소리를 각각 따로 들려주었는데 플루트 소리는 음이 높고 가늘었고, 클라리넷의 소리는 흥겨웠다. 호른의 소리는 아주 굵고 잔잔했고, 바순의 소리는 저음이 많이 나고 슬펐다. 또 오보에의 소리는 풀피리 소리가 나고 아름다웠다.

그리고 <울면 안 돼>, <루돌프 사슴코>, <창밖을 보라> 등등의 노래를 다 같이 불러 보았다. 오늘은 정말 좋은 추억이 될 하루인 것 같다.

1월 24일 토요일 날씨 : 맑음

제목 : 한반도의 공룡

가족들과 함께 TV로 한반도의 공룡을 보았다.

주인공 타르보사우루스 점박이가 어렸을 때부터 어른으로 성장할 때까지

여러 가지 모험을 한 내용이었다. 그런데 점박이가 첫 사냥에 성공해서

엄마와 헤어지는 장면이 아주 슬펐다.

또 점박이가 암컷과 만나 새끼 두 마리를 낳았는데 두 마리의 새끼를

잡아먹은 벨로키랍토르와 싸워서 상처만 얻은 점박이의 모습이 나온

장면도 아주 슬펐다.

파충류들이 멸종되고, 또 포유류들이 멸종되고, 그런 다음 우리 인간이

살게 되었다는 것을 알게 되었다.

주장 일기

나의 의견을 굳게 내세워 주장을 펴는 일기예요.
불만이나 불편을 느낀다면 그 까닭을 자세히 쓰고,
어떻게 해결했으면 좋겠다는 의견이나 바람을 덧붙여요.

현주의 일기

10월 26일 월요일 날씨 : 맑음

제목 : 통일이 되어서 하고 싶은 일

나는 통일이 되기를 원한다. 왜냐하면 북한 땅에 있는 유명한 곳을 방문해 보고 싶고, 유명한 먹거리도 먹어 보고 싶어서이다. 또 북한 친구의 집으로 놀러 갔을 때 북한 친구에게 무엇이 유명한지 물어보고 싶다.

가족과 함께 북한으로 여행을 가서 신 나게 놀기도 하고, 맛있는 것도 먹을 것이다. 그리고 북한 친구가 우리 집으로 놀러 왔을 때 우리나라의 유명한 먹거리, 고유의 음식 등을 차려 놓고 소개하고 싶다.

이처럼 통일이 되면 할 수 있는 좋은 일이 많아진다. 지금은 통일이 되지 않아서 서로의 나라 쪽으로 가지 못하게 하지만 통일이 되면 서로 맘대로 오고 갈 수 있다. 어서 통일이 되어서 북한에 놀러 다닐 수 있었으면 좋겠다.

10월 9일 화요일 날씨 : 매우 추웠다.

제목 : 한글날

오늘은 한글날. 난 한글날 쉬지 않는 것이 불만이다. 한글은 소중하기 때문에 이날을 쉬어서 대대손손 기억해야 한다. 세종대왕께서 한글을 만드셨고 그 덕분에 우리는 지금까지 편리하고 쉬운 한글을 쓰고 있다.

만약 세종대왕이 아니었다면 우리는 영어보다 어려운 한문을 여태까지 쓰고 애들은 한자를 안 배우려고 마구 몸부림쳤을 것이다.

또 한 가지 이유는 다른 나라 말을 빌려 쓰면 얼마나 창피하고 부끄러운가! 한글은 우리 민족을 위한 글이고 그게 없었으면 큰일 날 뻔했다. 영어 때문일까? 사람들이 자기 민족의 언어를 하루에 몇 번씩 수백 번이나 쓰면서 그 고마움을 모르다니 안타까운 일이다.

오호 통제라. 앞으로 한글을 사랑하고 잘 쓰지 못하면 세계 역사에서 한글이 사라질지도 모른다. 한글날 꼭 쉬어서 한글을 오래 기억하면 좋겠다.

주제 일기

사람, 동물, 식물, 물건 가운데 한 가지를 주제로 삼아 쓰는 일기예요.
그 대상을 소개하고, 그에 대한 나의 생각, 느낌 등을 표현해요.
또 내 기분을 어떻게 만드는지 자세히 씁니다.

영휘의 일기

3월 3일 수요일 날씨 : 아침에는 화창했고 저녁엔 좀 추웠다.

제목 : 우리 선생님

이제 3학년 들어온 지도 벌써 이틀이다. 우리 선생님을 처음 봤을 때는

할머니보다 늙지 않았고 우리 엄마보다는 주름살이 더 많다.

나는 선생님을 봤을 때, 나도 모르게 왠지 3학년 때 공부가 잘된다는

생각이 들었다.

오늘로만 봐서 선생님이 가장 많이 짓는 표정이나 행동은 무뚝뚝하고

또 조금 놀란 표정을 짓는 것이다.

선생님은 공부는 다 재미있는 거라고 말씀하시고 밥과 우유를 잘

먹으라고 하신다. 나는 선생님이 꽤 마음에 잘 든다.

7월 9일 목요일 날씨 : 비가 좍좍 온 날

제목 : 우리 집

우리 집은 참 좋다.

깨끗한 화장실, 넓은 거실, 단정한 부엌, 아늑한 안방 이렇게 4곳이

있다. 화장실에서는 깨끗이 씻고, 거실에서는 가족과 함께 즐거운 시간을

보내고, 부엌에선 맛이 있는 식사를 하고, 안방에서는 꿈나라의 시간을

보낸다. 우리 가족은 서로서로를 사랑한다. 그래서 우리 집에는 늘

웃음꽃이 핀다.

늘 다정하신 엄마, 항상 우리를 향해 웃으시는 아빠, 가족을 웃음꽃으로

피우는 나, 활발한 첫째 동생 희주, 귀엽고 깜찍한 막내 동생 재민이.

이렇게 우리 가족은 사이가 엄청 좋다. 우리 집 최고!!

관찰 일기

대상을 한 가지 정해 자세히 관찰하며 보고 느끼는 대로 쓰는 일기예요.
동식물은 점점 자라기 때문에 일정한 기간마다 사진을 찍거나
그림을 그려서 성장한 정도를 비교하면 더욱 알찬 관찰 일기가 되지요.

민희의 일기

11월 20일 목요일 날씨 : 눈

제목 : 첫눈 온 날

아빠 차를 타고 학원에 갈 때 하늘에서 눈이 펄펄 내렸다. 정말 오랜만에 본 눈이었다. 이제 곧 겨울이 오려나 보다. 눈을 잘 살펴보았더니 색깔은 정말 하얗고 모양은 가지가지였다. 아주 동그란 모양도 있었고, 조금 길쭉한 모양도 있었다. 또 네모 모양을 닮은 눈도 있었다.

그리고 나무들은 흰색으로 옷을 갈아입었다. 참새들도 이제 겨울 준비를 하느라 바빴다.

나도 이제 장갑도 끼고 모자도 쓰고 목도리도 하고 두툼한 잠바를 입고 학교에 가야겠다.

12월 26일 금요일 날씨 : 풍량계가 휙휙 돌아갔다.

제목 : 겨우 양막과 양수가 생겼다.

병아리를 부화기에 넣은 지 약 20일이 되었다. 저녁에 아빠와 검란*을

했다. 검란을 해 보니 동그란 것 중심으로 띠가 빙글빙글 돌고 있었다.

"야~ 조금만 더 있으면 깨어난다." 기대하고 있었는데, 책을 찾아보니

그게 양막과 양수라고 나와 있었다.

말도 안 돼! 이제 겨우 양막과 양수가 생기다니······. 원래 정상이면

배가 커지고 이레만 지나면 병아리가 나올 시긴데 왜 제대로 안

됐을까? 맞다! 태교를 하면 더 똑똑한 아이가 태어난댔는데 태교를 안

했네. 내일 피아노를 쳐 줘야겠다. 그리고 빨리 안 크는 것은 자꾸 달걀을

꺼내 봐서 온도 차가 심해졌기 때문인

것 같다. 계속 놔두면 병아리가 깨어

날 기회는 얼마든지 있고 깨 버리면 슬

픔과 허무함이 더하니 가만히 놔둬야겠다.

난막
공기집
노른자막

배
껍데기
알끈
흰자

<양막과 양수>

*검란 : 거위, 닭, 새 등의 알을 불빛이나 햇빛에 비추어 조사하는 일을 말해요.

학습일기

학교나 집에서 공부한 내용 가운데 중요한 것 또는 재미있었던 것을 기억해 씁니다. 여기에 나의 느낌과 생각을 덧붙이면 복습도 되고 일기도 되는 일석이조의 효과를 거둘 수 있어요.

현주의 일기

11월 9일 화요일 날씨 : 흐림

제목 : 들이와 무게

학교에서 들이와 무게를 배웠다. 처음에는 푸는 것이 힘들고 이해가 잘 안 되었다. 그렇지만 선생님께서 열심히 잘 설명해 주신 덕분에 어느 정도는 알 수 있었다. 여러 가지 통에 있는 물을 부피가 가장 큰 순서로 놓는 것을 하였다. 1등이 생수병 2리터, 2등은 화분 물뿌리개, 3등은 파워에이드 통 600밀리미터, 4등은 작은 생수병 500밀리미터, 5등은 물병이었다.

① 번은 비커, 계량컵에 넣고 부피를 비교하는 방법

② 번은 모양과 크기가 똑같은 컵들을 여러 개 준비해서 몇 컵이 나오는지 확인하는 방법

③ 번은 모양과 크기가 똑같은 큰 수조에 물을 넣고 어느 것이 더 높은지 비교하는 방법이다.

액체의 부피를 측정하는 방법을 오늘 배우니 잘 알 수 있었다. 오늘 하루는 새롭고 재미있는 것을 배울 수 있어서 기분이 좋았다.

11월 15일 토요일 날씨 : 학교 갈 때 흐리면서 좁쌀만 한 비가 왔다.

제목 : 민물고기

민물고기는 예쁘고 특이하고 모양도 이상하다. 하지만 멸종 위기에 처한

게 아니라 아예 공룡처럼 멸종해 버린 우리나라 물고기도 있다. 뭐냐면

바로 서호납줄갱이다. 1960년대 이후에는 누구도 보았다는 사람이 없었다.

이와 같은 일이 벌어지지 않았으면 좋겠다.

그리고 내가 기르고 싶은 민물고기는 버들붕어와 각시붕어다. 왜냐하면

사진을 보니 알록달록해서 그렇다. 또 붕어나 잉어류는 생명력이 강해서

그렇다. 주말에 버들붕어를 잡으러 강에 가야겠다.

〈각시붕어〉
색깔이 예쁘다고 일본으로 불법으로 판매되고 있다.
얼마나 예쁘면 그럴까?

〈버들붕어〉

버들붕어 수컷은 다른 수컷이 자기 세력권 안에 들어오면
싸움을 한다. 사실 각시붕어보다 버들붕어가 더 예쁘다.

〈서호납줄갱이〉
공룡처럼 멸종해 버렸다.

편지 일기

엄마 아빠나 선생님, 친구 등 주변 사람에게 하기 어려운 말을 전하고 싶을 때는 어떻게 해야 할까요? 바로 편지를 쓰면 돼요. 이런 편지 형식을 빌어 쓰는 일기를 편지 일기라고 하지요.

현주의 일기

3월 17일 수요일 날씨 : 눈

제목 : 선생님께

선생님! 우리 반 독서왕을 1학기 동안 뽑아서 1등 한 사람에게 선물 주기를 하고 싶어요. 또 일주일에 1, 2번씩 도서실에 가서 수업도 해 보고 싶어요. 도서실에서 공부를 하면 재미있고 조용할 것 같아서요. 우리 반은 교과서 빨리 끝내서 남은 시간 동안 놀이터에서 노는 시간도 가져 보았으면 좋겠어요.

또 수업 시간 후 쉬는 시간에 재미있는 이야기도 해 주셨으면 좋겠어요. 아이엠그라운드도 해 보면 정말 좋겠어요. 1, 2학년 때 많이 해 보았는데 무척 재미있었어요. 참, 또 친구들에 대해 더 잘 알 수 있도록 즐거운 게임도 하면서 알았으면 좋겠어요. 저는 게임을 무척 좋아해요. 친구들과 함께 게임하는 시간을 가지면 좋을 것 같아서요.

선생님! 이중에서 2가지 정도는 해 주세요. 2가지 정도 하면 기분이 좋아질 것 같아요. 선생님, 사랑해요!

4월 14일 수요일 날씨 : 해가 뜬 날

제목 : 늑대에게(《아기 돼지 삼 형제》를 읽고)

늑대야! 아기 돼지 삼 형제를 왜 괴롭혔니?

친구들과 이웃들을 괴롭히면 안 되는 걸 알잖아.

그런데 왜 괴롭혔니? 누가 너희 집을 불어서 날리면 좋겠어?

그건 아니잖아. 너의 기분이 나쁘듯이 다른 사람, 이웃들도 기분이 나빠!

늑대야, 나중에라도 아기 돼지 삼 형제에게 사과하는 것이 정말 좋겠어.

네가 친구들을 괴롭히는 바람에 벌을 받게 된 거야.

그러니까 친구들을 괴롭히는 일이 없도록 해!

동시 일기

내가 본 것, 한 일들에 대한 느낌을 동시로 표현하는 일기예요. 리듬을 살려 쓰면 우리말의 아름다움을 알 수 있고 다양한 표현력을 기를 수 있어요. 한 가지 주제로 내 생각을 동시로 표현해 보세요.

지우의 일기

3월 22일 월요일 날씨 : 눈이 많이 옴

제목 : 황사는 봄의 불청객

봄이 파티를 열었어요.

나무, 꽃, 새싹 등을 초대했어요.

똑똑똑!

소리가 났어요.

누굴까?

봄은 나무나 꽃 아니면 새싹인 줄 알고 열어 줬는데

황사였어요.

황사가 파티장을 나가자

온통 기침 바다로 가득 찼어요.

황사는 얄미운 봄의 불청객이에요.

5월 10일 월요일 날씨 : 맑음

제목 : 우리 교실

우리 교실에서 나는 소리 정말 많이 있지요.

공부 시간에는 쓱쓱쓱

쉬는 시간에는 재잘재잘

교과 시간에는 하하 호호

컴퓨터 시간에는 타닥타닥

급식 시간에는 냠냠 쩝쩝

하교 시간에는 재잘재잘

참 재미나지요.

참 재미나지요.

**체험
일기**

박물관이나 공장 견학, 유적지 방문 등 체험 활동을 한 뒤에 쓰는
일기를 말해요. 현장에서 보고 들은 것을 기록하는 사이사이에
나의 느낌을 덧붙이면 훌륭한 체험 일기가 됩니다.

영휘의 일기

6월 8일 화요일 날씨 : 구름이 뭉게뭉게

제목 : 현장 체험 학습

오늘은 학교에서 현장 학습을 가는 날이다. 준비물은 돗자리, 간식, 음료수,

점심, 선생님 먹을 것까지 준비했다. 버스를 타고 한 2~3시간쯤 달리다

보니 길이 좁아지면서 버스가 멈췄다.

맨 처음에는 찹쌀로 인절미를 만드는 체험을 했다. 떡을 찧는 '절매'로

우리는 떡을 콩콩 찧었다. 나는 떡을 찧을 때 세게 쳤는데 칠수록 부풀어

오르는 것 같아서 짜증이 났다. 그리고 선생님이 어떤 종이를 나누어

주셨는데 그게 놀이공원 입장권이다. 나는 짜릿한 것 좀 타서 떡을 찧을

때의 스트레스를 날려 버리고 싶었다. 그런데 놀이 기구가 다 재미없었다.

마침내 점심시간이 왔다. 나는 김영호, 김성원이랑 앉았다. 영호가

발음하는 목소리가 우스웠지만 참았다. 밥을 다 먹고 솔잎으로 영호를

간질이며 놀았다.

나는 다시 여기에 오고 싶지 않다. 다리만 아프기 때문이다.

8월 18일 수요일 날씨 : 맑음

제목 : 코이카(KOICA)

'KOICA' 한국국제협력단 지구촌 체험관에 가서 몽골이란 나라에 대해

알아보았다. 몽골 사람들은 게르라는 집에서 살고 델이라는 전통 의상을

입는다. 몽골은 넓은 초원의 나라여서 오축을 키우는데 양, 소, 말, 염소,

낙타가 오축이다. 몽골에서는 빨간 음식, 하얀 음식을 먹는데 빨간 음식은

육류 들이고, 하얀 음식은 치즈, 우유 들이다.

그리고 기후 변화에 대해 알아보았다. 기후가 점점 올라가서 울릉도, 독도는

물에 아예 잠기고 제주도도 일부 잠긴다고 한다.

중국에서는 황사가 나고 어떤 나라는 강이 다 마르고, 어떤 나라는

쓰나미가 일어나고 어떤 나라에서는 아이가 독수리한테 잡아먹히려 하고

그랬다. 몽골 음식도 먹었는데 국수와 만두에는 양고기가 들어가서 그런지

담백하고 맛이 있었는데 수태차는 맛이 없었다. 다음에 또 온다고 하고

아쉽게 집에 왔다. 다음에 다른 나라 할 때 또 가 보아야지!

여행 일기

여행의 즐거웠던 순간들을 잘 간직하려는 마음으로 기억에 남는 부분을 쓰는 일기예요. 수첩에 그때그때 메모를 하거나 일기장을 들고 가서 경험한 직후에 쓰면 훨씬 생생한 일기가 됩니다.

영휘의 일기

10월 26일 월요일 날씨 : 햇빛이 쨍쨍

제목 : 공주 부여 여행

우리 가족은 여행을 갔다. 공주와 부여로 가는 길은 아주아주 아주아주

막혔다. 공주에서 맨 처음에 공산성을 갔다. 공산성은 돌로 만든 성이다.

성 위에 올라가자 도시가 보인다. 밑에는 식물이 많았다. 반대편으로

가서 위를 올려다보니 강이 펼쳐지고 그 옆에 정자가 보인다.

그리고 무령왕릉에 갔다. 그런데 입구를 다 막아 버린 거다. 그래서 내려와서

굴렁쇠, 팽이, 윷놀이, 투호 놀이, 제기차기를 하고 놀았다.

다음 날 부여로 가서 정림사지 5층 석탑을 봤다. 그리고 아빠가 그렇게 보고

싶어 한 금동대향로를 보러 박물관을 또 가니 다리가 부러질 것 같이

아팠다. 내가 막 지루해하니까 아빠가 내 손을 꼭 잡았다. 덕분에 나는

금동대향로를 내 생애 처음으로 봤다. 우리 아빠는 그걸 되게 좋아한다.

나는 백마강에서 황포돛배 탄 게 제일 좋다. 나도 금동대향로를 좋아한다.

3월 20일 일요일 날씨 : 흐리다.

제목 : 임원 수련회

경기도 이천시 청학 서당으로 임원 수련회를 갔다. 나는 재미있을 거라고

생각했는데 조금 무서웠다. 왜냐하면 훈장님과 선생님들이 손에 매를 들고

계셔서이다. 나는 임원 수련회에서 큰절, 인사, 한자, 민속놀이, <아리랑>

노래를 했다. 그중에 큰절이 제일 재미있고 기억에 남는다.

<남자 큰절하는 방법> 공수*를 한다. → 왼발을 뒤로 하고 살며시 앉는다. →

공수한 손을 그대로 땅에 두고 2초 후 머리와 동시에 굽힌다. → 고개를 들고

손은 다시 공수한다. → 왼발부터 일어난다. → 공수한 다음 허리를 90도

굽히며 어른께 "안녕하셨습니까?"라고 물어본다.

나는 임원이 되는 것이 쉽지 않다는 것을 깨달았다. 3학년 때는 애들

조용히 시키고 심부름 많이 하는 줄 알고 회장이 되었었다. 그런데

'학생들을 잘 지킬 수 있는가?'를 생각해 보아야겠다. 나는 이제부터라도

애들을 잘 지키고 진지해야 되겠다.

*공수 : 절을 할 때 두 손을 앞으로 모아 포개어 잡는 자세를 말해요.

미래 일기

미래에 나는 무엇이 되어 있을까요? 미래의 내 모습을 상상하면서 쓰는 일기가 바로 미래 일기예요. 미래 일기를 자주 쓰면 자신의 미래를 구체적으로 생각하게 되어 꿈을 이루는 데 긍정적인 효과를 거둘 수 있어요.

수아의 일기

2031년 8월 30일 ◯요일 날씨 : 아주아주 덥겠다.

제목 : 나는 제빵사

새벽 5시에 눈을 떴다. 세수만 하고 빵집으로 달려갔다. 빵 만들 생각에 새벽이 되면 저절로 눈이 떠진다. 학교 다닐 때는 아침잠이 많아서 만날 지각했는데 참 신기한 일이다.

빵집에 도착하자마자 가게를 청소하고, 주방으로 가서 반죽을 시작했다. 하얀 밀가루에 물을 넣고 반죽하는 기계에 넣었다. 기계가 반죽을 하는 동안 나는 요리를 시작했다.

제빵사가 된 지 벌써 10년이 되고 이 빵집을 연 지 1년이 지났다. 내가 새로 개발한 빵이 요즘 최고 인기다. '밥 되는 빵'이라는 이름을 붙였는데, 동그란 빵 안에 크림 스파게티, 토마토 스파게티, 짜장 밥, 카레라이스 등이 들어 있어서 먹으면 든든하다. 아침마다 사람들이 줄을 서서 사 간다.

하루 종일 서서 일하느라 고단하지만, 내 빵을 맛있게 먹는 사람들을 보면 행복하다. 앞으로 빵집을 2호점, 3호점까지 내고 싶다.

2035년 11월 11일 ○요일   날씨 : 비가 올까?

제목 : 수퍼휴보-H

연구실에서 보내는 하루는 짧기만 하다. 일본의 아시모와는 비교도 안 될

휴머노이드 로봇을 개발 중이다. 이름은 수퍼휴보-H. H는 내 이름의 앞자를

딴 것이다. 수퍼휴보-H는 사람처럼 부드럽게 움직이는 것이 특징이다. 소녀

시대처럼 춤을 추거나 구를 수도 있다.

내가 로봇 박사를 꿈꾼 것은 11살 무렵이다. 건담 프라 모델은 내 보물

1순위일 만큼 나는 로봇 만드는 게 좋았다. 그때 보았던 영화 한 편을

잊을 수 없다. 자동차가 로봇으로 변하는 모습에 나는 큰 충격을 받았다.

너무 멋져 보였고 '내가 크면 그런 로봇을 꼭 만들어야지.' 했다.

열심히 공부하고 노력한 끝에 지금은 꿈을 이루었다. 부모님도 나를

자랑스럽게 생각하신다. 수퍼휴보-H를 하루빨리 성공시키고 싶다. 그래서

사람들을 즐겁게 해 주고 사람들이 힘들어하는 일을 로봇이 대신해 주는

편리한 세상을 내 손으로 만들 테다.

생각이 자라는 말과 글 2 | 일기 쓰기

일기왕 김동우

이미애 글 | 신지수 그림

1판 7쇄 펴낸날 | 2022년 5월 25일

펴낸이 강경태 | 펴낸곳 녹색지팡이&프레스(주)

등록번호 제16-3459호 | 주소 서울시 강남구 테헤란로84길 12 (우) 06178

전화 (02) 2192-2200 | 팩스 (02) 2192-2399

Text Copyright ⓒ 이미애

ISBN 978-89-94780-26-9 13800